PAPIER
FRESSERCHEN
MIM-VERLAG
DIE BÜCHER MIT DEM DRACHEN

Impressum:

Alle weiteren Personen und Handlungen des Buches sind frei erfunden.
Ähnlichkeiten mit lebenden oder verstorbenen Personen sind
zufällig und nicht beabsichtigt.

Besuchen Sie uns im Internet:
www.papierfresserchen.de

Mühlstraße 10, D- 88085 Langenargen
info@papierfresserchen.de

Erstauflage 2019

Cover gestaltet mit Bildern von
© DanIce (Katze) und © kopecky76 (Flügel) – Adobe Stock lizensiert

Gedruckt in der EU

ISBN: 978-3-86196-755-2 - Taschenbuch
ISBN: 978-3-86196-984-6 - E-Book

Lektorat: CAT creativ - www.cat-creativ.at

Zaubermaus im Katzenhimmel

Band 1

Ingo Schorler

Prolog

Ich bin die Katze Zaubermaus und werde euch ein wenig begleiten. Nun ja, ich war – oder bin – noch immer eine wundervolle, schöne Katze.

Wenn ich gewollt hätte, hätte ich jeden Kater auf dieser Erde haben können. Aber leider fand mein schönes Katzenleben jäh ein Ende. Dabei war ich doch noch soooo jung ...

Ich sollte operiert werden. Aber bei der OP ging wohl etwas schief. Plötzlich nämlich sah ich mich selbst von oben auf dem OP-Tisch liegen und es wurde kalt und immer kälter.

„Hallo, was ist das denn jetzt?", fragte ich, bekam aber keine Antwort. Dann sah nur noch meinen leblosen Körper auf dem Tisch liegen und es erschien plötzlich ein helles Licht. Oh je, ich war doch noch viel zu jung, um ins Gras zu beißen!

Eine freundliche Stimme rief mir zu: „Zaubermaus, komm zu mir!"

Ich lief ins Licht ... und was mich da erwartete, das könnt ihr nun in diesem Buch hier lesen ...

1

Ganz langsam lief ich auf das grelle Licht zu. Plötzlich fiel hinter mir eine Tür ins Schloss und ich war in einem Fahrstuhl. Es dauerte dann auf jeden Fall noch einige Minute, bis das Ding zum Stillstand kam. Als sich die Tür öffnete, stand ich vor zwei großen, goldenen Toren.

Eine Stimme fragte: „Wer bist du?"

Ich rief, so laut ich konnte: „Ich bin die Zaubermaus und weiß gar nicht, was ich hier soll oder wo ich bin!"

Die Stimme antwortete: „Du bist tot und stehst vor dem Tor, das dich in den Katzenhimmel bringt."

„Wie jetzt ... tot?", fragte ich. „Warum das denn? Und wie komme ich in den Katzenhimmel hinein? Wer bist du überhaupt?" Die Fragen blieben unbeantwortet, doch die Pforte öffnete sich. „Oh mein Gott, was ist das?", dachte ich.

Ein weißer Löwe mit riesigen Engelsflügeln und einer großen goldenen Krone starrte mir ins Gesicht. Er beschnupperte mich nur, doch ich hatte Angst und zitterte. „So so, du bist also Zaubermaus, die im Menschenland alle Kater verrückt gemacht hat?", fragte der Löwe.

Ich schmunzelte geschmeichelt. „Ja, das bin ich."

„Du hast großes Glück, dass du nicht in die Katzenhölle gekommen bist", meinte der Löwe.

„Oh je, so etwas gibt es auch?", ging es mir durch den Kopf.

Plötzlich brüllte der Löwe mich an, ich bekam noch mehr Angst und fauchte zurück. Der Löwe lachte mich an und meinte nur: „Wie niedlich." Er bat mich dann jedoch, in den Katzenhimmel einzutreten.

Was ich sah, ließ nur einen Gedanken zu: „Ach du meine Güte, was ist das denn hier?" Ich ging ganz vorsichtig durch das Tor und meine Augen wurden groß und größer, als ich alles genau erkennen konnte. Der Katzenhimmel schien wundervoll zu sein und fast jede Katze hatte Engelsflügel. Ich fragte mich jedoch gleich, warum ich noch keine hatte. Bekam man die denn nicht gleich, wenn man gestorben war?

Nachdem ich mich umgeschaut hatte, lief ich zu einem sehr großen Haus, an dem ein Schild angebracht war: *Aufnahme von Neulingen.*

Ich klopfte an, neu war ich ja schließlich hier, und die Tür ging auf. Vor mir saß ein kleiner süßer Kater, der sich als Max vorstellte. Er schaute mich an und fragte mich dann richtig aus: nach meinem Namen, meinen Kitten, meiner Größe und vielem mehr.

Brav, wie ich nun mal war, beantwortete ich all seine Fragen und wollte dann natürlich auch wissen, wann ich endlich meine Flügel und meine Krone bekäme, die ich schon bei allen anderen Bewohnern des Katzenhimmels bewundert hatte.

Statt eine Antwort zu bekommen, fing der blöde Kater jedoch nur an zu lachen. Dann sagte er, beides müsse ich mir erst einmal verdienen. Max gab mir dann noch ein komisches Kostüm. Das war weiß und darauf stand: *Achtung Neuling.* Dann warf er mich aus dem Haus.

Nun stand ich alleine da und wusste gar nicht, wohin ich gehen sollte. Ich sah mich wieder um und hörte auf einmal Stimmen und lautes Lachen, das mir den Weg wies.

„Was ist da nur los?", dachte ich und traute meinen Katzenaugen kaum ... Denn da saßen sechs große Katzen auf einer weißen Wolke und spielten Karten, tranken Bier, rauchten und grölten laut vor sich hin. Ich nahm meinen ganzen Mut zusammen und ging zu ihnen. „He, ihr da oben, so was machen Katzen aber nicht!", rief ich ihnen zu, als ich vor ihnen stand. Sie drehten sich um, schauten mich an und fragten, wer ich sei. Ich rief mein Name und hörte: „Oh, ein Neuling." Dann lachten sie.

„Was soll das? Ich bin neu hier und kenne mich noch nicht aus, deshalb müsst ihr mich aber nicht auslachen", sagte ich. „Und wer seid ihr überhaupt?"

„Wir heißen Bob. Alle ... und kümmern uns ein wenig um die Neuankömmlinge."

„Viel habt ihr ja anscheinend nicht zu tun. Karten spielen und saufen!" Nachdem ich das gesagt hatte, drehten sich die sechs Bobs um und fragten, ob ich mitspielen wolle. „Wenn ja, dann hüpf einfach auf die Wolke und komm zu uns."

Das ließ ich mir nicht zweimal sagen und *zack* saß ich auch schon bei den sechs Bobs am Tisch, die ziemliche große Kater waren. Dann fragten sie: „Du bist also neu hier?"

Das nervte. „Ja, das bin ich, steht doch auf diesem weißen Kleidchen drauf!"

Die sechs lachten mich wieder aus. „Das ist schön für dich, aber wir sehen das leider nicht, denn wir sind blind."

Ich war erstaunt. „Wie, ihr seht das nicht? Und könnt doch Karten spielen?"

„Ja, Zaubermaus, das können wir ganz gut. Nun teile aber mal aus!"

Ich fragte: „Was ist der Einsatz?"

„Nun ja, wir spielen um Paul. Wer verliert, muss sich einen ganzen Tag lang um Paul kümmern", bekam ich zur Antwort.

„Und wer ist Paul?", wollte ich wissen.

„Paul ist ein Pechvogel, aber das wirst du schon noch sehen."

Wir spielten die halbe Nacht Karten und immer wieder verlor ich gegen die Bobs. Es wurde schon hell, als wir endlich aufhörten und die letzte Partie gespielt war. Und weil ich in dieser Nacht immer wieder verloren hatte, musste ich mich nun nicht nur für einen Tag, sondern gleich für eine ganze Woche um diesen mysteriösen Paul kümmern, auch wenn ich noch gar nicht wusste, wer oder was Paul überhaupt war.

Nun ja, das sollte ich bald erfahren ...

2

Plötzlich hörte ich nämlich ein leises Piepen. Paul war eine Maus mit Heiligenschein und kleinen Flügeln. Er tat mich fast leid, denn was suchte eine Maus im Katzenhimmel? Für eine Maus gab es sicherlich bessere Orte.

Einer der Bobs sagte mir nur: „Es darf Paul hier im Katzenhimmel nichts zustoßen. Weil er nämlich eigentlich eine Katze ist. Der oberste Katzengott hat Paul jedoch bestraft und ihn in eine Maus verwandelt, weil er seine Tochter geschwängert hatte. Und das ist verboten."

Und auf diese Maus sollte ich, Zaubermaus, nun eine ganz Woche aufpassen. Dazu hatte ich nun gar keine Lust. Trotzdem begrüßte ihn: „Du bist also Paul?"

Und bekam zur Antwort: „Ja, du geile Schnecke."

„Hallo, so redet man nicht mit mir", gab ich zurück.

Was sollte ich mit Paul nur anfangen? Dann kam es mir in den Sinn. Ich konnte mich mit ihm zusammen erst einmal im Katzenhimmel ein wenig umsehen. Vielleicht war es hier oben ja ganz nett und ich würde einige schöne Bekanntschaften machen können. Als ich Paul von meinem Plan erzählte, sagte er: „Das machen wir. Wir hüpfen von Wolke zu Wolke, bis wir zu einem riesengroßen Schloss kommen. Dann erzähle ich dir bei bisschen von mir."

So machten wir es dann auch. Wir hüpften über unzählige Wolken und sahen irgendwann schon von Weitem ein Schloss, das so stark strahlte, dass man glatt eine Sonnenbrille tragen musste. Als wir endlich in dem Schloss angekommen waren, stockte mir für ein paar Sekunden der Atem. Denn nachdem Paul und ich das wundervolle Schloss betreten hatten, sahen wir, dass alles aus purem Gold war – selbst der Fußboden. So etwas hatte ich auf der Erde noch nie zu Gesicht bekommen.

„Weißt du, wer in diesem Palast wohnt?“, fragte ich Paul, der sich ja sicherlich hier im Katzenhimmel viel besser auskannte als ich.

Paul lachte. „Ich wohne zurzeit hier, liebe Zaubermaus, es ist mein Palast.“

Ich war erstaunt. „Wie jetzt, das alles gehört dir?“

„Ja, so ist es. Und noch was ...“, beugte sich Paul zu mir. „Ich bin in Wahrheit ein echter Kater, aber ich habe eine große Dummheit begangen und bin bestraft worden. Ich muss eine Woche lang als Maus leben – und das ausgerechnet hier im Katzenhimmel. Nun sind sie alle hinter mir her und wollen mich auffressen, was ich ihnen nicht mal verübeln kann.“

„Das könnte ich auch tun“, gab ich zu bedenken.

„Stimmt, aber du musst mich ja jetzt beschützen, und zwar eine Woche lang. Du weißt doch, Spielschulden sind Ehrenschulden. Und wenn alles glatt läuft, wirst du auch eine gute Belohnung erhalten.“

„Wenn es so ist, dann beschütze ich dich.“

Eigentlich war Paul ganz nett und wir gewöhnten uns schnell aneinander. Wenn er keine Maus gewesen wäre, sondern ein Kater ... dann hätte er mir vielleicht sogar gefährlich werden können. Bei dem Gedanken musste ich grinsen.

Der Gedanke lenkte mich jedoch für einen Moment ab ... und schon war Paul verschwunden. Auch das noch. Wo steckte er nur? Ich machte mir Vorwürfe, denn ich trug doch die Verantwortung für ihn.

Ich suchte das ganze Schloss nach ihm ab, doch Paul blieb spurlos verschwunden. Plötzlich entdeckte ich auf dem goldenen Boden Pauls Heiligenschein liegen. Was war geschehen? War Paul womöglich sogar aufgefressen worden. Oder entführt worden?

Ich stand da und hielt den Heiligenschein in der Hand. Immer wieder fragte ich mich, wo, zum Teufel, er hin sein mochte. Ich lief weiter durch das große Schloss, auf und ab. Ich schaute mir alles genau an.

An den Wänden hingen Gemälde von verschiedenen Katzen, die alle rote Hörner hatten. Es wurde immer unheimlicher. Was hatte das alles zu bedeuten? Ich rief immer wieder: „Paul, Paul, wo bist du?“

Doch ich erhielt keine Antwort. Plötzlich aber öffnete sich eine Bodenklappe wie von Geisterhand und weißer Rauch stieg aus der Luke auf. Vorsichtig, wie ich war, schlich ich mich heran und hörte auf einmal einen leisen Hilferuf.

„Paul? Bist du es?“, rief ich sofort zurück.

„Zaubermaus, bitte hilf mir schnell, die wollen mich hier grillen. Bitte beeile dich, Zaubermaus!“ Das war eindeutig Pauls Stimme.

Ich nahm meinen ganzen Mut zusammen und hüpfte in das Loch im goldenen Boden. Puh, was war für ein Gestank hier unten, es roch nach Schwefel. Dann sah ich Paul und rief ihm zu: „Halte durch, ich komm gleich!“ Und jetzt sah ich es: Der Arme hing über einer riesigen Lavaspalte. Und die verströmte diesen unbändigen Schwefelgestank. Wo waren wir hier nur?

Plötzlich bekam ich eins über die Rübe gezogen und wurde ohnmächtig. Als ich wieder wach wurde, hing ich direkt neben Paul. Ich schaute ihm ins Gesicht und fragte: „War es das nun mit uns? Und wo sind wir hier eigentlich. Was befindet sich nur unter deinem Schloss?“

Zuerst war ich im Katzenhimmel gelandet – und nun? Auch wenn ich den Ort nicht kannte, ich musste hier, so schnell es ging, mit Paul verschwinden. Die Frage war nur, wie? Ich rief, so laut ich konnte, um Hilfe. Paul tat nichts, er schaute nur. Er wusste wohl, dass uns hier unten keiner hören würde.

Doch plötzlich bebte der Boden unter uns und ein merkwürdiges Geschöpf kam auf uns zu und schnaufte. Es rief: „Na Paul, schön dich wiederzusehen. Wer ist deine kleine Freundin?“

„Ich bin Zaubermaus und ich muss auf Paul aufpassen!“, gab ich statt seiner zur Antwort. „Und wer bist du? Wer wagt es, uns hier festzuhalten?“

Das Geschöpf schnaufte und lachte mich aus. „Das willst du

nicht wirklich wissen, oder? Warum ich euch festhalte? Das frag doch mal Paul.“ Dann verschwand es.

Ich drehte mich zu Paul um: „Wer war das? Was hat das alles zu bedeuten?“

Er sagte: „Das war ... mein Vater.“

„Wie bitte, dein Vater?“ Ich glaubte, nicht richtig gehört zu haben. Paul und ich hingen noch immer über der Lavaspalte und unsere Situation schien nicht besser zu werden. Wenn das Pauls Vater gewesen war, warum half er uns nicht?

Der aber jammerte nur. „Jetzt ist es aber gut“, rief ich, „hör auf zu flennen, wir schaffen das schon.“ Ich wollte stark sein, auch wenn ich mich innerlich fragte, wie wir hier rauskommen sollten.

Es wurde immer heißer um meinen Po herum und ich sah aus dem Augenwinkel, dass die Lava höher und höher stieg. Paul war bewusstlos geworden. Als dann plötzlich die Erde bebte und ein helles Licht erschien, war das auch für mich zu viel. Es wurde dunkel um mich und ich sackte ohnmächtig zusammen.

Als ich wieder erwachte, waren Stunden vergangen. Paul lag neben mir und blickte mich an. „Oh, Zaubermaus, du hast uns gerettet, ich danke dir!“, rief er freudig aus.

„Nein, Paul, ich war das nicht“, antwortete ich.

Wir schauten uns um, alles um uns herum war grün und weder das Schloss noch eine der vielen weißen Wolke, über die wir gehüpft waren, waren zu sehen.

Wo waren wir nur?

Plötzlich raschelte es im Gebüsch und etwas Grünes kam auf uns zu. Paul, der kleine Angsthase, versteckte sich hinter mir. Das Wesen kam auf mich zu – es war mehr als groß. Ich rief: „Halt. Stop. Wer bist du?“

Das Wesen antwortete mit kräftiger Stimme: „Ich bin der Herrscher der grünen Welt, mein Name ist LuLu. Ihr könnt von Glück sagen, dass ich euch gerettet habe, denn dort unten, wo ihr wart, ist es echt nicht schön. Und dir, mein lieber Paul, möchte ich noch sagen: Sei zur Zaubermaus endlich ehrlich, sonst könnte es passieren, dass du noch eine Woche als Maus länger rumlaufen musst. Haben wir uns verstanden, Paul?"

Paul nickte nur und begann nach einer kurzen Pause zu erzählen: „Ich bin der Sohn des Katzenteufels." Er schaute mich mit seinen kleinen Mäuseaugen an. „Also, Zaubermaus, ich hatte die Schnauze gestrichen voll, immer den Bösen hier unten in der Katzenhölle zu spielen. Da befinden wir uns übrigens gerade. Ich soll irgendwann hier unten das Erbe meines Vaters antreten, was mir nicht sonderlich gefällt. Und so beschloss ich, die Seiten zu wechseln. Ich schlich mich eines Nachts raus aus der Hölle und landete im Schloss des Katzengottes. Er ist der Herrscher aller Welten, was ich bis dahin leider nicht wusste. Natürlich kannte ich den Katzengott, aber dass er eine solche Macht hatte, wusste ich bis dahin nicht. Nun und dann kam es, wie es kommen musste. Der Katzengott hat nämlich eine wunderschöne Tochter, die ich bald kennenlernte. Wir verliebten uns ineinander und, wie soll ich sagen, sie wurde schwanger von mir. Dass die Kinder halb Katzenengel und halb Katzenteufel waren, muss ich dir ja jetzt wohl nicht erklären. Und wohl auch nicht, dass der Katzengott davon nicht begeistert war. Das versteht man ja wohl von selbst, Zaubermaus. Kein Gott möchte Großvater eines kleinen Teufelchens sein. Und umgekehrt natürlich auch nicht. Der Katzengott wurde so was von zornig, dass er mich in eine Maus verwandelt und dazu noch ein Kopfgeld auf mich ausgesetzt hat: Wer mich fängt und frisst, wird fürstlich belohnt. Das muss aber innerhalb von einer Woche geschehen, weil sonst der Fluch vorbei ist. Leider bist du nun da mit reingezogen worden, Zaubermaus. Und hast die Aufgabe der sechs Bobs übernommen, mich zu beschützen. Da hatte wohl mein Vater der Teufel, seine Hand mit im Spiel. Er mag Zocker wie die Bobs ... Egal. Ich weiß übrigens auch von ihnen, dass du, wenn du es schaffst, mich zu beschützen, deine Engelsflügel bekommst. So, Zaubermaus, nun weißt du alles."

Ich blickte Paul an und sagte: „Was für eine tolle Geschichte.

Aber wir zwei schaffen das schon irgendwie. Da bin ich mir sicher. Zuvor müssen wir nur mal sehen, wie wir hier wegkommen."

Es raschelte wieder hinter uns und Paul hüpfte sogleich auf mein Rücken und versteckte sich, er hatte heute keine Lust mehr auf ein neues Abenteuer.

Das Rascheln wurde immer lauter und plötzlich sahen uns zwei wundervoll strahlende Augen an. Das Geschöpf kam näher und näher auf uns zu, ohne dass ich es wirklich erkennen konnte. Langsam bekam ich es auch ein wenig mit der Angst zu tun. Dann stand das Wesen direkt vor mir. Was für eine Katzenschönheit, sie schien aus purem Gold zu sein. Ich bekam den Mund nicht mehr zu.

Paul kam aus seinem Versteck und sagte: „Milli, du hier?"

„Ja, Paul, ich hab dich gesucht. Wen hast du da bei dir?"

„Das ist Zaubermaus, sie muss mich beschützen", antwortete Paul ein wenig verlegen.

„So so, beschützen. Nun ja, wir müssen jetzt erst einmal von hier fort. Mein Vater hat auf dich ein weiteres Kopfgeld ausgesetzt und du weißt, das könnte nicht gut für dich ausgehen. Kommt, steig beide auf meinen Rücken, wir machen einen kleinen Ausflug. Zaubermaus, setze dich ebenfalls auf meinen Rücken, dann kommen wir schneller voran, denn ich kann fliegen und ihr nicht."

Ich fragte: „Milli, wo gehts denn hin?"

Doch die schöne Katze antwortete nur: „Lasst euch überraschen."

Wir hoben vom Boden ab und ich war mächtig erstaunt. Was hatte Milli für große Engelsflügel. Wir flogen über Gletscher und es dauerte ewig, bis wir unser Ziel ins Visier nahmen. Ich hatte wirklich nicht gewusst, wie groß der Katzenhimmel wirklich war.

Unerwartet laut rief Milli plötzlich: „Holt tief Luft, ihr müsst jetzt die Luft anhalten." Und schon ging es im Sturzflug hinunter ... ins Wasser!

„Ich bin doch keine Wasserkatze und Paul, der kann doch auch nicht schwimmen", dachte ich noch, doch da machte schon *platsch* und wir waren im Wasser. Oder vielmehr – wir waren unter Wasser.

Nun hatten wir den Salat. Paul war ohnmächtig geworden und ich musste ihn festhalten. Dann sah ich wieder einmal ein helles Licht, auf das Milli mit uns zusteuerte. Ein Schloss unter Wasser – so etwas hatte ich noch nie gesehen!

Milli schwamm mit uns hinein und endlich waren wir im Trockenen. Langsam erwachte auch Paul wieder und Milli erklärte: „Hier seit ihr fürs Erste sicher." Immer wieder hörte ich im Hintergrund ein leises Miauen, was auch Paul nicht entging.

Er fragte: „Milli, was war das?"

Bei der Antwort strahlte die schöne Katze noch mehr: „Das sind unsere beiden Kinder!"

Paul freute sich sehr, auch wenn ihn die Nachricht ein wenig überraschte. „Dann ist es also wirklich wahr, was alle erzählen? Dass du unsere Kinder zur Welt gebracht hast und ich deshalb als Maus rumlaufen muss? Ich freue mich sehr. Darf ich sie sehen?"

„Aber sicher darfst du sie sehen."

Da ging auch schon die Tür auf und Brummi und Pu kamen herein, zwei süße, kleine Katzenkinder mit Engelsflügeln, einem Heiligenschein und roten Teufelshörnern. Milli berichtete nun, dass sie aus dem Sonnenschloss ihres Vaters hatte flüchten müssen, um das Leben der Kinder zu retten. „Ich hab mir dann ein Unterwasserreich aufgebaut, von dem keiner etwas weiß", beendete sie schließlich ihre Ausführungen.

Ich schaute in zwei Katzenaugen oder vielmehr ein Doppelpack von zwei Katzenaugen und musste bald feststellen, dass die beiden überhaupt keinen Respekt vor mir hatten. Sie zupften an meinen Barthaaren und trampelten auf mich herum, sodass ich mich genötigt sah, zu sagen: „Na hallo, ihr seid zwar Kinder, aber muss das sein?"

3

Brummi und Pu vergnügten sich ausgiebig mit mir, bis ich endlich sagte: „Nun reicht es aber, Schluss, aus und vorbei!" Da erschraken die zwei Geschwister sehr und schauten mich mit ihren großen Katzenaugen an. Aber wo, um Himmels willen, waren auf einmal Paul und Milli? „Die können mich doch nicht mit den beiden so alleine lassen", ging es mir durch den Kopf und ich rief laut nach ihnen: „Wo seid ihr?"

Doch es kann keine Antwort zurück, fast so, als seien sie vom Erdboden verschluckt worden. So blieb uns nichts anders übrig, als uns auf die Suche nach den beiden zu machen. Ich sagte: „Brummi und Pu, kommt mit, ich muss eure Eltern suchen." Nun hatte ich auch noch die beiden Süßen am Hals.

Wir liefen durch das ganze Unterwasserschloss. Überall hingen große Bilder von Millis Vater. Ich konnte mir gar nicht vorstellen, dass so ein lieber Katzengott auch mal böse werden konnte! Seine schönen gelbgrünen Augen strahlten auf allen Fotos.

Plötzlich sah ich eine große goldene Tür. Sollte das etwa die Tür zum Katzenhimmel sein? Oder vielleicht doch das Tor zur Hölle? Ich wollte die beiden Katzenkinder ja nicht in Gefahr bringen ... aber was sollte ich tun? Sollte ich die Tür öffnen? Oder doch lieber nicht?

Die beiden Katzenkinder schauten mich mit großen Augen an, als ob sie mir sagen wollten: „Mach sie auf!"

So fasste ich all mein Mut zusammen und öffnetet die Tür. Ein starker Luftzug zog uns ins Innere und ich fragte mich sogleich: „Oh mein Gott, wo sind wir jetzt nur gelandet?"

Auch Brummi und Pu schauten mich entsetzt an. Alles, was wir sahen, war Wüste und es war sehr sehr warm. Bald schon machte ich mir Sorgen, denn die beiden Katzenkinder hatten sicherlich Durst ... und wenn ich ehrlich war, ich auch.

Uns blieb leider nichts anders übrig, als einen Weg durch die Wüste zu finden, denn hinter uns hatte sich die Tür sofort wieder verschlossen und ließ sich auch nicht mehr öffnen. Immer wieder fragte ich mich, wohin Paul und Milli nur so plötzlich verschwunden waren.

Nachdem wir eine Weile gelaufen waren, wurden Brummi und Pu immer schwächer. Sie konnten nicht mehr laufen, also nahm ich die beiden auf meinen Rücken, so konnten sie sich ein wenig ausruhen. Es wurde dunkel und kühler. Erschöpft vom Laufen sank ich zu Boden und schlief ein. Nach einigen Stunden wurden ich wieder wach, aber wo waren wir jetzt nur? Weit und breit war keine Wüste mehr zu sehen. Waren wir doch in der Hölle oder im Katzenhimmel? Oder gar wieder unter Wasser? Plötzlich ertönte eine Stimme: „He, ihr da, was habt ihr hier zu suchen?"

Ich schaute mich um, aber ich sah nichts und niemanden. In was für ein Land war ich hier nur gekommen. Hieß es nicht immer, im Himmel habe man seine Ruhe?

Wieder ertönt die Stimme: „Wer seid ihr?"

Ich rief: „Ich bin Zaubermaus und das sind die Kinder von Paul und Milli, sie heißen Brummi und Pu. Sonst noch Fragen? Und wer oder was bist du überhaupt?"

„Ich bin der Wüstengott und mein Name ist Namenlos!"

Ich musste mir das Lachen verkneifen, rief aber laut: „Zeig uns endlich dein Gesicht. Wo bist du nur? Wir können dich nicht sehen!"

Plötzlich lachte jemand direkt neben mir und sagte: „Ich stehe direkt neben euch."

Ich sah noch immer niemanden, doch da berührte mich etwas. Ich verpasste dem unsichtbaren Wüstengott eins mit meiner Pfote, wobei Brummi und Pu mich verdutzt beobachteten.

Und dann zeigte sich Namenlos ... Unsere Augen wurden immer größer, als Namenlos endlich vor uns stand. Oh mein Gott, war das Wesen hässlich. Es sah aus wie eine Müllhalde, auf der alles wächst. Und das Wesen stank bestialisch. Dennoch fragte ich Namenlos, ob er Milli und Paul gesehen habe.

Plötzlich schnaufte Namenlos und brüllte laut: „Erwähnt hier nicht diese Namen!“ Brummi und Pu versteckten sich hinter mir, solche Angst hatten sie. Dann fuhr Namenlos fort: „Durch die beiden ist der ganze Katzenhimmel seit Wochen in Aufruhr!“

Ich antwortete: „Ja, ich weiß, aber ich muss Paul wiederfinden, ich muss doch auf ihn aufpassen!“

Namenlos lachte laut: „Was will eine Katze wie du schon großartig ausrichten können. Er hat Glück, das er mit Milli verschwunden ist!“

„Bitte sag mir doch, wo sie sind“, entgegnete ich.

„Ich kann es dir nicht sagen. Du musst sie schon selbst suchen!“ Namenlos gab mir einen goldenen Schlüssel und sagte: „Den wirst du bald brauchen, heb ihn gut auf. Er wird dir das Leben retten.“ Zudem reichte er mir einen Ring und fügte hinzu: „Dies ist ein magischer Ring, drehe ich, wenn du in Not bist und du wirst den Ort verlassen können, an dem du zu diesem Zeitpunkt bist. Hebe den Ring gut auf, denn er könnte eines Tages dein Leben retten“, sprach es und verschwand so, wie er gekommen war, in die Unsichtbarkeit.

Langsam wusste ich auch nicht mehr weiter. Ich steckte Schlüssel und Ring ein, auch wenn ich nicht so ganz an den Hokuspokus glaubte, den Namenlos da von sich gegeben hatte. Dann rief ich: „Lieber Katzengott, schau dir deine Enkelkinder an. Brummi und Pu, sie können nichts dafür, sie sind auch noch viel zu klein, um das alles hier zu verstehen. Und ich verstehe auch nicht wirklich, was hier passiert. Hilf uns, bitte.“

Zunächst passierte nichts, doch plötzlich kam ein Sturm auf und erfasste uns drei. Er wirbelte uns hoch und trug uns durch die Lüfte. Dann wurde es dunkel und eiskalt obendrein. Als wir wieder festen Boden unter den Füßen hatten, war um uns herum nur noch Eis. Es sah fast aus, als würden wir nun mitten in einer Eiswüste stehen. Brummi und ihr Bruder Pu zitterten am ganzen Körper. Den beiden war genauso kalt wie mir. Ich fragte mich wieder, wie wir an diesen Ort gekommen waren. Und wie wir, zum Teufel, hier wieder wegkommen sollten. Diese Reise wurde immer unheimlicher ...

Kurz entschlossen packte ich mir Brummi und Pu und lief los – oder vielmehr – ich rannte los. Denn plötzlich bebte das Eis und ein riesiger Spalt öffnete sich direkt vor uns.

Einen Moment später hüpfte ein kleines Geschöpf aus der Spalte. Es glitzerte so, als sei es aus reinstem Eis, und es hatte eine kleine Krone auf dem Kopf. Neugierig schaute es uns an. „Na ihr drei, ihr seid sicherlich durchgefroren? Ich bin übrigens GoGi, der Herr über das Eis. Und ihr seid Zaubermaus, Brummi und Pu, richtig?“

„Ja, das sind“, antwortete ich. „Woher weißt du das?“

„Hüpft erst einmal in die Spalte, bevor ihr mir noch erfriert“, antwortete er.

Wollten wir nicht erfrieren, so blieb uns wohl nichts anderes übrig, als in die Spalte zu hüpfen. Und kaum waren wir gehüpft, wurde es warm und wir befanden uns in einer unterirdischen Eishöhle. Das war unsere Rettung.

Wir bekamen gleich etwas zu essen und zu trinken. Und da sah ich erst, wie hungrig die beiden Katzenkinder waren. GoGi schaute uns entspannt beim Essen zu, aber irgendwie traute ich ihm nicht so ganz über den Weg.

Dann hörte ich leise Hilferufe. Es hörte sich so an, als ob Milli und Paul um Hilfe rufen würden, aber ich konnte nicht ausmachen, woher die Rufe kamen. GoGi grinste uns unterdessen nur an. Plötzlich begann das Eis zu schmelzen. Aus der Eishöhle wurde im Nu eine Tropfsteinhöhle – und aus GoGi ein Steinmonster. Mein Gefühl hatte mich also nicht getäuscht und sagte mir nun deutlich, dass es nicht gut war, hier zu sein. Dann wurden die Hilferufe lauter und lauter, doch ich konnte noch immer nicht hören, woher sie kamen.

GoGi aber sagte: „Nun seid ihr meine Gefangenen.“

Ich rief: „Das könnte dir so passen, uns gefangen zu halten!“

GoGi lachte nur und schnippte kurz mit dem Finger. *Zack* saßen wir in einen Käfig und hingen weit oben an der Decke.

Brummi und Pu weinten, ich musste die beiden also erst einmal trösten und sie beruhigen. Dann sagte ich zu GoGi: „Was willst du von uns und wo sind Milli und Paul?"

GoGi lachte wieder nur und sagte: „Schau mal nach oben." Dann verschwand er. Ich schaute hoch – und dort sah ich sie. „Paul und Milli, seid ihr es wirklich?"

„Ja, Zaubermaus, wir sind es", kam sofort zurück.

Ich wunderte mich: „Milli, wo sind deine Zauberkräfte nur hin?"

„Hier unten haben sie leider keine Wirkung, das Magnetfeld ist hier zu stark", antwortete sie.

Ich grübelte so vor mich hin und sagte dann zu Paul: „Mensch, Paul, bist du gefesselt oder kannst du dich frei bewegen?"

„Ich bin nicht gefesselt, warum fragst du?"

„Weil du eine kleine, schlanke Maus bist. Du müsstest doch durch die Gitterstäbe passen. Und scharfe Zähne hast du doch auch, man", ermunterte ich ihn schließlich. „Paul, das ist es, los, tu etwas!"

Kurz darauf begann Paul, sich durch die Holzstäbe zu fressen, was eine Weile dauerte. Als er es endlich geschafft hatte, hüpfte er zu uns und befreite uns. Dann mussten wir uns beeilen. Wir wollten ja nicht, dass GoGi etwas von unserem Verschwinden bemerkte.

Milli fragte mich: „Hast du schon einen goldenen Schlüssel bekommen, Zaubermaus?"

Als ich bejahte, sagte sie: „Es ist Zeit, ihn zu nutzen!" Aber ich sah nirgendwo eine Tür.

„Unser nächster Weg führt uns in das Land, wo nichts ist. Das könnte gefährlich für uns werden. Man sieht zwar etwas, aber in Wirklichkeit ist nichts da. Das raubt einem mit der Zeit den Verstand."

Plötzlich sahen wir GoGi, der auf uns zukam und laut fluchte: „Wie seid ihr nur entkommen? Das kann doch wohl nicht wahr sein!"

Milli war mutig, hob das Steinmonster hoch, schwang es dreimal durch die in die Luft und ließ es dann fallen. GoGi war entsetzt: „Tut das nicht. Das ist euer Tod!“

Doch es war bereits zu spät. Wir hatten das Land, wo nichts ist, bereits betreten ...

4

Nun waren wir also im Land des Nichts. Es war dunkel und nicht allzu warm hier. Und immer wieder spürte ich, wie mir jemand einen Klaps auf mein Hinterteil gab, aber ich sah nichts und niemanden. War das Ganze vielleicht nur Einbildung?

„Was machen wir jetzt hier eigentlich?", fragte ich Milli und Paul.

Milli drehte sich um. „Sag mal, Zaubermaus, wo sind eigentlich Brummi und Pu?"

„Na, die sitzen doch auf meinen Rücken", gab ich zurück.

„Du meinst wohl, sie *saßen* bei dir auf dem Rücken." Milli schaute mich mit ernsten Blicken an. „Zaubermaus, wo sind meine Kinder?"

Da merkte ich auch, die Katzenkinder waren nicht mehr da. „Ich schwöre euch, bis vor Kurzem saßen sie noch dort." Kaum hatte ich meinen Satz zu Ende gesprochen, erschien ein weißer Nebel und umhüllte uns. Eine Stimme sagte: „Macht euch keine Sorgen, ich bringe euch aus dem Land des Nichts heraus!"

Ein wenig unwohl war uns schon, aber wir hatten ja keine andere Wahl, wir mussten der Stimme aus dem Nebel vertrauen. Doch wo würde uns der weiße Nebel hinbringen? Keiner von uns wusste so recht, was los war oder wie wir uns verhalten sollten. Und natürlich hatten wir große Angst, da wir ja auch nicht wussten, wo Brummi und Pu geblieben waren. Mussten wir sie vielleicht alleine im Land des Nichts zurücklassen? Der Nebel hüllte uns immer mehr ein und bald konnten wir gar nichts mehr so – außer Blitzen, die immer wieder den Nebel durchzuckten. Milli und Paul waren still geworden, sie machten sich wirklich große Sorgen um ihre Kinder, was ich natürlich verstehen konnte. Ich sollte ja sie aufpassen und hatte versagt, so wie ich schon beim Aufpassen auf Paul versagt hatte.

Ich rief laut: „Nebel, würdest du uns deinen Namen verraten?"

Wieder hörte ich diese Stimme aus dem Nebel kommend: „Du weißt, wer ich bin, Zaubermaus!"

Und dann wurde mit alles klar. „Max, bist du das?" Max, der mich im Katzenhimmel als Neuling begrüßt hatte, sprach hier aus dem Nebel zu mir, der sich nun zu lichten begann.

Dann sah den Ort, an dem wir waren. Er sah aus wie eine Insel. Auch Milli und Paul schauten sich um. Doch von ihren Kindern keine Spur. So schnell sich der Nebel gelichtet hatte, so schnell kehrte er plötzlich wieder zurück ... und es war wieder eine Stimme zu hören. Die sagte beruhigend: „Macht euch keine Sorgen um eure Kinder. Pu und seine Schwester Brummi sind auf der Insel, die ihr gerade gesehen habt. Wo genau, weiß ich nicht, aber sie sind dort und es geht ihnen gut ..."

Dann wurde es still und uns blieb nichts anders übrig, als die Katzenkinder zu suchen. Bei mir dachte ich: „Dieser Katzenhimmel ist ja sehr groß ... und die Verantwortung, die auf meinen Schultern lastet, auch." Dann wandte ich mich Milli und Paul zu. „Ich machte mich nun auf dem Weg, Brummi und Pu zu suchen und ..."

Weiter kam ich nicht, denn plötzlich bewegten sich die Palmen um uns herum und der Boden fing an zu beben. Was wir dann sahen, erschreckte und. Denn zuerst dachten wir, es käme ein riesen Monster auf uns zu, je näher es aber kam, desto kleiner wurde es – fast so klein wie ein Zwerg. Als das Wesen dann vor uns stand, sahen wir, dass es ein Kobold war, und dazu noch ein ziemlich hässlicher. Aber so klein, wie er zunächst aussah, war er leider dann doch nicht, denn er konnte seine Groβe verändern. Der Kobold stellte sich uns als Krümel vor. Wir mussten uns ob seiner Erscheinung ein wenig das Lachen verkneifen, was auch der Situation nicht angemessen gewesen wäre. Also fragten wir ihn: „Krümel, vielleicht kannst du uns weiterhelfen. Wir suchen Brummi und Pu, zwei Katzenkinder."

Als Krümel die Namen vernahm, verzog er das Gesicht. „Ja, die beiden kenne ich, die bringen mir hier meine ganze Insel zum

Beben. Sie sind sehr schlecht erzogen.“ Oje, das hörte sich nicht gut an ...

Es dauerte dann auch nicht mehr lange, bis wir Brummi und Pu fanden. Mit ihren großen Engelsflügeln, dem Heiligenschein und den Teufelshörnern waren sie nicht zu übersehen und sie hatten anscheinend einen Heidenspaß daran, die Palmen auf dieser kleinen Insel einfach so rauszureißen. Wir riefen sie, aber die beiden taten so, als hätten sie uns weder gesehen noch gehört.

Langsam verlor Milli, die sich bis dahin das Treiben sprachlos angesehen hatte, die Geduld und schnippte mit den Finger. „Brummi und Pu, es reicht!“

Die beiden Angesprochenen zuckten zusammen und kamen mit hängendem Kopf zu Milli. Als Milli sah, dass es ihnen gut ging, fragte sie: „Wie zum Teufel seid ihr hierher gekommen.“

Die beiden sahen sich an und erzählten dann: „Wir saßen bei Zaubermaus auf dem Rücken, als wir in das Land des Nichts gingen. Plötzlich packte uns eine Riesenhand, hob uns von Zaubermaus' Rücken und nahm uns einfach so mit. Wir wussten selbst nicht, was mit uns geschieht. Die Riesenhand setzte uns dann hier auf dieser Insel ab und wir haben uns gelangweilt. Dann haben wir ein wenig mit den Palmen gespielt. Den Rest kennt ihr ja!“

Auch Krümel hatte aufmerksam zugehört, doch auf die Frage, was es mit der Riesenhand auf sich habe, konnte er nur mit den Schultern zucken. „Ich bin ratlos“, sagte er, „ich weiß nicht, was für ein Wesen Brummi und Pu entführt hat. Sind wir alle in Gefahr? Verfolgt und das Wesen vielleicht sogar? Ich weiß es nicht ... und wüsste es doch so gerne.“

Nach diesen Worten wurde der Himmel rabenschwarz und um uns herum zog wieder Nebel auf. Doch dieses Mal war er nicht weiß, sondern tiefschwarz ... Wir beschlossen, uns ganz eng aneinanderzustellen, sodass jeder jeden sehen und seinen Nachbarn erspüren konnte. Doch dann passierte etwas, was wir alle nicht für möglich gehalten hatten ...

Der schwarze Nebel kam näher und näher und unsere Katzenbeine begannen, vor Angst zu schlotterten. Ich flüsterte: „Milli, kannst du denn gar nichts machen? Du hast mir doch erzählt, dass du besondere Fähigkeiten hast. Aber mal hast du die Kräfte, mal hast du sie nicht, ich verstehe das nicht."

„Ja, das stimmt, mal habe ich sie, mal nicht. Das liegt daran, dass ich noch in der Ausbildung bei meinen Papa bin. Und wer der ist, weißt du ja – er ist der Katzengott, der Herrscher über alle Reiche hier im Katzenhimmel. Er kann sich in alles verwandeln, wonach ihm gerade ist. Ich kann das leider noch nicht, Zaubermaus!"

Mir ging etwas durch den Kopf: „Könntest du dir vorstellen, dass er die schwarze Wolke ist?" Vielleicht hatte er auch mit den anderen Phänomenen und Wesen zu tun, die uns bislang auf unserer Reise durch den Katzenhimmel begegnet waren.

„Ich kann es dir nicht sagen, ich weiß es wirklich nicht", antwortete Milli. „Möglich wäre es schon ..."

Plötzlich kam auch aus dem schwarzen Nebel eine Stimme. „Ihr braucht euch nicht zu fürchten, ich tu euch nichts. Ich bin Schleimi."

Wir mussten lachen, eine schwarze Wolke mit dem Namen Schleimi war aber auch zu komisch. Doch wir hätten besser nicht gelacht, denn die schwarze Wolke wurde plötzlich grün und ehe wir uns versahen, quoll aus der grünen Wolke grüner Schleim hervor. Uns verging das Lachen und die ehemals schwarze Wolke fragte: „Und, glaubt ihr mir nun, dass ich Schleimi heiße?"

Wir nickten nur.

Schleimi war aber gar nicht so übel, wie es zunächst den Anschein gemacht hatte, denn er lud uns nun zu sich nach Hause ein, denn wir mussten uns ja wieder von dem grünen Schleim befreien.

Auf seine Aufforderung hin folgten wir ihm und bald darauf standen wir vor einem riesengroßen grünen Schloss. Wir hatten aber gar kein gutes Gefühl, als wir es betraten. Sicherlich war auch dies wieder eine Falle. Schließlich war ja auf Paul ein Kopfgeld ausgesetzt worden. Und im Katzenhimmel wusste jeder davon.

Inzwischen stank der grüne Schleim, der immer noch an uns haftete, sehr und war auch ansonsten mehr als unangenehm. Wir flehten Schleimi deshalb an, uns doch von dem grünen Schleim zu befreien. Er schaute uns an und sagte: „Ich hoffe, es war euch eine Lehre."

Wir antworten mit „Ja" und hörten dann Schleimi einen Spruch aufsagen: „Herr, lass diese Geschöpfe wieder normal aussehen."

Es blitzte und donnerte um uns herum, dann sahen wieder aus wie neu. Ich bedankte mich und entschuldige mich noch einmal im Namen aller bei Schleimi, der nur sagte: „Das ist sehr lieb, Zaubermaus. Und wenn ihr möchtet, könnt ihr hier im grünen Schoss heute Nacht übernachten!"

Das Angebot nahmen wir gerne an und ließen uns dann von Schleimi in einen großen Saal führen. Auch hier war alles grün – und als das Essen kam, wir waren schon sehr hungrig, da stellten wir fest, dass auch auf unseren Tellern alles grün angerichtet war.

„Lasst es euch schmecken", rief Schleimi aus und wir probierten vorsichtig.

Paul hüpfte sogleich auf den langen Tisch und fraß von allem etwas, doch Milli schimpfte: „He Paul, benimm dich anständig."

Bald darauf lagen Brummi und Pu schlafend auf dem Boden und Paul wurde auch langsam müde. Das wiederum kam Milli komisch vor und sie sagte: „Zaubermaus, irgendetwas stimmte nicht mit dem Essen, Paul und die ..." Weiter kam sie nicht, denn auch Milli war plötzlich eingeschlafen.

Ich versuchte sogleich, sie alle wach zu bekommen, aber nichts half. Ich hatte doch geahnt, dass man Schleimi nicht trauen konnte. Doch ehe ich mich versah, bekam ich einen Schlag auf den Kopf und fiel um wie ein nasser Sack.

5

Nach Stunden wachte ich wieder auf und mein erster Gedanke galt meinen Begleitern. Wo waren Milli, Paul, Brummi und Pu? Ich befand mich in einem großen Saal, konnte die vier aber nirgends sehen. In dem Saal standen drei große goldene Stühle, die fast wie ein Thron aussahen. Leider war mein Blick noch ein wenig verschwommen und von dem Schlag, den ich abbekommen hatte, tat mein Kopf ziemlich weh. Immer wieder fragte ich mich, was nun wieder auf mich zukommen würde und eigentlich war ich mir keiner Schuld bewusst. Was hatte ich nur falsch gemacht, dass ich diesen Schlag abbekommen hatte? Stand ich etwa hier, weil ich auf Paul nicht gut aufgepasst hatte?

Plötzlich ertönte eine raue Stimme: „Zaubermaus, warum du hier bist, willst du wissen? Nun, das sage ich dir gerne. Du wirst beschuldigt, nicht genügend auf Paul aufgepasst zu haben. Dadurch hast du einige Personen in Lebensgefahr gebracht."

Ich glaubte, mich verhört zu haben. „Du unterstellst mir, Zaubermaus, Paul nicht genügend beschützt zu haben? Ich habe Milli, Brummi, Pu und Paul, so gut es mir möglich war, beschützt. Dabei wäre ich ja selbst fast draufgegangen ..." Obwohl, das ging ja gar nicht, ich war ja schon tot, denn deshalb hielt ich mich ja überhaupt im Katzenhimmel auf ...

Wieder hörte ich die Stimme: „Du hast Milli gesehen? Dann ist es also wahr, dass sie mit dem dahergelaufenen Teufelssohn zwei Kinder hat?"

Ich nickte nur und plötzlich erschien mir der Katzengott persönlich. Er war ein stattlicher schwarzer Kater mit sagenhaften Engelsflügeln und einem Heiligenschein, der so grell war, dass er mich blendete. Nachdem ich ihn ausgiebig betrachtet hatte, beugte er sich über mich und flüsterte mir leise zu: „Ich verrate dir, weil ich dir vertraue, dass es hier oben im Katzenhimmel zurzeit nicht sicher ist. Eine geheime, unbekannte Macht versucht, den Katzenhimmel zu erobern, aber ich weiß nicht, wer oder was diese Macht ist. Ich weiß nur eines. Wenn diese Macht die Herrschaft übernimmt, dann wird es uns allen schlecht gehen. Dir wird eine wichtige Aufgabe zufallen, uns und den Katzenhimmel zu beschützen. Deshalb wirst du zusammen mit deinen neuen Freunden eine große Reise durch unser Reich antreten und manches Abenteuer zu bestehen haben. "

Dann machte der Katzenkönig eine Pause, um fortzufahren. „Pass bitte weiterhin auf Milli, Brummi, Pu und Paul auf. Wir werden uns wiedersehen. Ich schicke dich jetzt zurück zu ihnen – und das wird dir ein wenig wehtun."

Kaum hatte er den Satz zu Ende gesprochen, bekam ich – *zack* – wieder einen Schlag auf den Kopf. Wenn das so weiterginge, würde mein Kopf vor lauter Beulen sicherlich bald doppel so groß wie sonst sein.

Als ich erwachte, merkte ich, wie wieder einmal ein paar wild gewordene Kinder auf mir herumhüpften und immer wieder riefen: „Zaubermaus, aufwachen, wach doch auf. Zaubermaus, aufwachen!"

Ich schlug die Augen auf und mein Schädel brummte, als ob ich tagelang durchgesoffen hätte. Ich fühlte mich elend, sah aber, dass ich wieder im grünen Schloss war. Hatte ich die Begegnung mit dem Katzengott nur geträumt? Ich war mir nicht mehr sicher, ob es Traum oder Wirklichkeit gewesen war. Und: Hatte der Katzengott wirklich gesagt, dass ich den Katzenhimmel beschützen müsse?

Milli kam auf mich zu und schaute mich an. „Zaubermaus", sagte sie erstaunt, „woher hast du denn plötzlich die Engelsflügeln?

Ich sprang auf, sah mich in dem Saal um und lief auf den nächsten Spiegel zu, den ich finden konnte. Ich sollte Flügel haben? Das konnte ich nicht glauben ... Doch dann sah ich sie. Groß und wunderschön, ich konnte es kaum fassen.

Träumte ich? Oder lag es an dem grünen Essen? Oder war es kein Traum ...?

Hier oben im Himmel gingen ziemlich seltsame Sachen ab. Milli riss mich aus meinen Gedanken: „Wo warst du, Zaubermaus? Was ist passiert? Bis du meinem Vater begegnet?"

Ich zuckte jedoch nur mit den Schultern, ich wusste es ja selbst nicht ...

Plötzlich kam Schleimi zu uns, er hatte Verstärkung mitgebracht – zwei Bulldoggen mit riesigen Zähnen, großen Augen, mächtigen Ohren. Diese großen Bulldoggen, natürlich knallgrün wie alles andere auch hier im Schloss, sabberten vor sich hin und machten mir mächtig Angst. Schleimi brüllte: „Los, mitkommen ... oder soll ich die beiden hier auf euch loslassen?"

Also folgten wir ihm.

Doch als ich merkte, dass eine der Bulldogge immer an meinem Hinterteil schnupperte, da reichte es mir irgendwann – ich drehte mich um und verpasste diesem Vieh eins mit meiner Kralle. Aber das hätte ich wohl lieber nicht tun sollen. Denn dieser Hund verwandelte sich direkt vor meinen Augen – und uns erschien der Teufel höchstpersönlich. Er war sehr groß, hatte lange Hörner und einen langen Teufelsschwanz. Seine Augen glühten nur so vor Zorn. Er rief: „Du wagst es, mir ins Gesicht zu schlagen?"

Doch ich ließ mich nicht einschüchtern und so antwortete ich: „Wer mir ans Hinterteil will, der wird bestraft, ganz egal, wer er ist!"

„Du bist ziemlich mutig", rief der Teufel aus.

„Ich bin Zaubermaus. Und habe mir noch nie etwas gefallen lassen", gab ich zurück.

In diesem Moment hörte ich Milli flüstern: „Sag ihm nur nicht, dass ich die Tochter des Katzengottes bin!" Ich nickte.

Der Einzige, der seine vorlaute Kappe wieder einmal nicht halten konnte, war Paul. Er rief: „Vater, ich bin es, dein Sohn. Erkennst du mich denn nicht?"

Da ergriff der Teufel Paul, schaute ihn aufmerksam an und musste lachen: „Eine Maus – oder bist du eine Ratte – namens

Paul soll mein Sohn sein? Haha. Du kannst von Glück reden, dass ich dich nicht grille und auffresse!"

Paul wurde leise und war noch immer leicht angefressen, weil sein Vater ihn nicht erkannt hatte, doch das schien den Teufel nicht zu interessieren. Er fragte mich: „Wer sind die anderen, die bei euch sind?"

„Das sind Brummi und Pu, sie suchen ihre Eltern. Und ich, Zaubermaus, habe die Aufgabe, diese zu finden." Ich machte eine Pause und fragte dann: „Was hast du nun mit uns vor? Und wo ist eigentlich Schleimi geblieben?" Ich hatte erst jetzt bemerkt, dass er plötzlich verschwunden war.

„Ach, um den braucht man sich keine Sorgen zu machen", antwortete der Leibhaftige, „der ist mein Haussklave. Ihr bleibt übrigens vorerst hier bei mir!"

Das war uns allen natürlich gar nicht recht, doch konnten wir noch von Glück reden, dass der Teufel offensichtlich nicht bemerkt hatte, dass ich ihm Milli nicht vorgestellt hatte. Dann mussten wir dem Teufel folgen.

Wir waren schon einige Tage in des Teufels Gefangenschaft, da fragte Milli plötzlich: „Du, Zaubermaus, mir fällt gerade etwas ein. Hast du nicht noch einen goldenen Schlüssel? Denn der könnte unser Problem hier vielleicht lösen?"

Natürlich hatte ich den Schlüssel noch. Dann fragte Milli mich: „Ist dir aufgefallen, ob der Teufel zwei Schlüssel hat? Oder trägt er nur einen bei sich? Fehlt ihm einer?"

Ich antwortete: „Du meinst, das könnte die Lösung sein? Verstehe ich nicht ..."

„Vertraue mir", antwortete Milli, „wir müssen nur herausfinden, ob dem Teufel vielleicht zufällig ein Schlüssel fehlt." Dann wandte sie sich an Paul: „Paul, nun zu dir. Du musst deinen Vater noch einmal irgendwie aus der Reserve locken."

Paul schaut auf. „Na toll, und wie?

„Ach, du schaffst das schon Paul" ermutigte Milli. Doch auch sie wusste nicht, wie ihm das gelingen konnte.

Nach einer Weile rief Paul: „Oh Vater, Herr der Teufelskrallen und der Hölle, komm raus und zeig dich uns. Oder hast du Angst und bist feige wie eine Ratte?“ Dann fügte er noch ein paar ziemliche Gemeinheiten hinzu, sodass Milli irgendwann rief: „Übertreib nicht so stark, Paul.“

Doch da erbebte schon der Boden und ein Donnern und Grollen war zu hören. Da war wohl einer mehr als böse und sauer. Wie aus dem Nichts stand plötzlich der Teufel persönlich vor uns – wir hatten ihn schon seit Tagen nicht mehr zu Gesicht bekommen. Er schnaufte und roch ekelhaft nach Schwefel.

Nun bekam es Paul mit der Angst zu tun, so aufgebracht hatte er seinen Vater noch nie erlebt. Er verkroch sich hinter meinen Rücken und flehte mich an: „Bitte, Zaubermaus, lass nicht zu, dass er mich frisst oder mir etwas antut.“

Der Herrscher der Hölle rief: „Rückt sofort Paul raus, sonst sterbt ihr alle im Feuer meines Zornes!“

Ich überlegte lange, was nun zu tun sei. Mir blieb aber leider nichts anders übrig, als Paul herauszurücken, was mir sehr schwer fiel. Aber ich musste an Brummi und Pu denken, ich konnte sie nicht weiter dieser der Gefahr aussetzen. Also nahm ich Paul am Mäuseschwanz, doch bevor ich ihn dem Teufel übergab, drückte ich ihm den goldenen Schlüssel, von dem wir zuvor gesprochen hatten, in die Hand.

Paul wedelte mit dem Schlüssel vor den Augen seines Vaters herum, der mit einem Mal rief: „Wo, zum Teufel, hast du diesen Schlüssel her? Gib ihn mir!“

Paul nutzte seine Chance, denn er hatte bemerkt, wie viel seinem Vater dieser Schlüssel bedeutete. „Nein“, sagte er ganz ruhig, „du bekommst ihn erst, wenn du uns freilässt und uns das Leben schenkst. Außerdem wollen wir eine Garantie, dass du Wort hältst.“ Der Teufel schnaufte verächtlich und stampfte mit seinen Teufelshufen auf dem Boden. Es blieb ihm aber wohl nichts anders übrig, als uns freizulassen. Wie es schien, war dieser Schlüssel sehr wichtig für ihn. Zu gerne hätte ich gewusst, welches Geheimnis er barg ...

Einen Moment später wollte Paul dem Teufel den goldenen Schlüssel übergeben. Doch bevor er dies tun konnte, flüsterte Milli Paul etwas ins Ohr, was ich aber nicht hören konnte. Ich sah nur, dass Paul nickte und dann auf den Herrscher der Hölle zuging.

Ich hatte plötzlich eine Eingebung. „Jetzt oder nie“, dachte ich, nun kam mein Einsatz. Ich rief: „Teufel, nun löse du dein Versprechen ein.“ Kaum hatte ich die Worte gesprochen, öffnete sich wie von Geisterhand ein Tor vor uns.

Paul rief uns aufgeregt zu: „Geht, los geht, schnell fort!“

Was sollte ich tun. Ihn zurücklassen? Ich trug doch die Verantwortung für ihn. Also sagte ich zu Milli: „Geht ihr alleine, ich finde euch schon irgendwie. Bringt euch in Sicherheit. Ich kann und darf Paul nicht alleine lassen.“

Milli winkte mir kurz zu, dann wurde sie mit ihren Kindern Brummi und Pu durch einen starken Sog durch das Tor gezogen.

Ich klammerte mich unterdessen an einem Felsen fest und versteckte mich. Ich wollte ungesehen beobachten, was sich Paul und sein Vater zu sagen hatten.

Hinter Milli schloss sich das Tor wieder und ich traute mich, über den Felsrand zu schauen. Doch was ich sah, erschrak mich sehr: Aus Paul, der Maus, war ein katzenartiges Teufelsgeschöpf geworden. Paul und sein Vater standen sich Auge in Auge gegenüber. Plötzlich schlug der Teufel Paul ins Gesicht. „Was fällt dir ein, dich mit der Tochter meines ärgsten Feindes einzulassen“, brüllte er.

Doch Pauls Rückantwort ließ nicht lange auf sich warten. Er schlug einfach zurück, ohne ein Wort zu sagen. Dann entbrannte ein Kampf zwischen den beiden, die sich nichts schenkten und man merkte an dem Feuer, das um sie herum tobte, dass sie beide Höllenbewohner waren.

Paul rief immer wieder: „Ich bin dein Sohn, Vater. Weißt du denn nicht mehr: Du warst es doch, der sich mit der der Frau des Katzengottes eingelassen hatte. Und dann hast du sie ins Jenseits befördert. Und ja, nun habe ich mich in die Tochter des Katzengottes verliebt. Und du bist Opa geworden ..."

Die Fäuste flogen hin und her. Die beiden schenkten sich nichts und ich war froh, hinter dem Felsen ein gutes Versteck gefunden zu haben.

Immer wieder rief der Teufel: „Gib mir endlich deinen Schlüssel, den dir diese Zaubermaus anvertraut hat!"

Und Paul rief zurück: „Nein, du bekommst ihn nicht."

Ich schaute mit das Ganze eine Weile an, doch dann musste ich plötzlich so laut niesen, dass mich Paul und der Teufel hinter meinem Felsen entdeckten. „Zaubermaus, was suchst du noch hier!", rief mir Paul entsetzt zu.

„Was ist aus dir geworden!", entgegnete ich, denn ich konnte kaum glauben, was ich in den letzten Minuten gesehen und gehört hatte.

Und dann passierte es. Paul passte einen Augenblick lang nicht auf, die Chance nutzte sein Vater und durchbohrte Paul mit seinem Teufelsschwanz von hinten.

Paul sank zu Boden.

Nun sah ich rot, ich hatte diesen kleinen Kerl nämlich schon mächtig ins Herz geschlossen. Ich rannte auf den Teufel zu und sprang ihn an. Mit all meiner Kraft versetzte ich ihm mit meinen Krallen einen Hieb nach dem anderen. Der Teufel war von meinem Angriff so überrascht worden, dass er taumelte und in eine tiefe Schlucht fiel, die sich plötzlich aufgetan hatte.

Nach seinem Sturz drehte ich mich zu Paul um. Da lag der die arme Maus nun am Boden und ich sah sofort, dass sie schwer getroffen war. Paul atmet nur noch schwach. Die Wunde, die er sich während des Kampfes mit seinem Vater zugezogen hatte, war doch schwerer, als ich anfangs vermutet hatte.

Und noch etwas sah ich: Paul hatte es geschafft, seinem Vater während der Auseinandersetzung seine beiden goldenen Schlüssel zu entreißen ...

6

Da lag nun der arme Paul schwer verletzt vor mir. Er hatte sich tatsächlich für uns geopfert – und das nur wegen dieser blöden Familienfehde zwischen dem Katzengott und dem Teufel, seinem Vater. Und vielleicht auch ein wenig wegen der Schlüssel, die nun in seinem Besitz waren. Aber Paul atmete zum Glück noch. Es bestand also noch Hoffnung für ihn. Was sollte ich nur tun?

Plötzlich flog um meine Katzennase herum ein kleines beflügeltes Wesen, das wie ein Glühwürmchen aussahen. Oder war es gar eine Fee? Ich wusste es nicht, doch da setzte sich dieses Wesen schon rotzfrech auf meine Nase und schaute mir in die Augen. „Weißt du, wer ich bin?", fragte es mich.

„Nein, wie denn auch. Und wie du sicher siehst, habe ich gerade ganz andere Sorgen", gab ich zur Antwort. „Hier vor mir liegt ein guter Freund, Paul, und ringt mit dem Tod. Darf ich trotzdem fragen, wer oder was du bist?"

„Ich bin die Sonnenelfe", gab das Wesen zurück, flog auf Paul zu, umkreiste ihn mehrmals und schwang einen glitzernden Stab um ihn herum. Dann, auf einmal, wurde es gleißend hell um uns herum und es blitzte. „Nun wird alles wieder gut", flüsterte die Sonnenelfe, lauter sagte sie: „Folgt dem schmalen Weg. Dort wird ein Schiff auf euch warten. Steigt ein, es wird euch zu Milli, Brummi und Pu bringen."

Noch bevor ich etwas sagen oder mich bedanken konnte, war die Sonnenelfe verschwunden – so plötzlich, wie sie vor mir aufgetaucht war.

Paul erholte sich schnell. Bald schon war wie durch ein Wunder von seiner Wunde nichts mehr zu sehen. Als er schießlich ganz erwacht war, wusste er von dem, was kurz zuvor passiert war, nichts mehr. Er wunderte sich jedoch, warum er plötzlich im Besitz von drei Schlüsseln war. Ich sagte nichts, nahm Paul in den Arm, gab ihm einen megalangen Kuss und drückte ihn, so glücklich war ich, dass es ihm wieder gut ging.

Und Paul?

Der schüttelte sich und sagte: „Igitt bää, da küsst mich, Paul, die Maus, doch tatsächlich eine Katze. Igitt, igitt, bäää!"

Doch das war jetzt vollkommen egal. Wir machten uns auf den Weg zum Schiff, das uns zu Milli und den Kindern bringen sollte. Ich nahm Paul auf den Rücken, wo er es sich sehr gemütlich machte, und zu Fuß gingen wir den Weg.

Nach etlichen Stunden konnten wir endlich das Schiff schon von Weitem gut erkennen. Und ich dachte nur: „Oh man, das soll unser Schiff sein?"

Wir liefen noch eine Weile und endlich standen wir vor dem großen Schiff, das uns die Sonnenelfe angekündigt hatte. Oder war es gar ein U-Boot? Es sah schon irgendwie komisch aus. Das Schiff hatte goldene Segel, aber hinten sah man riesige Turbinen. Ich hatte so etwas noch nie gesehen.

Ehe ich mich versah, sprang Paul von meinem Rücken und rannte los. Ich rief ihm hinterher, er solle auf mich warten, doch Paul reagierte nicht. Zum Glück kam Paul nicht weit, denn vor ihm stand plötzlich ein riesiges Geschöpf, das aussah wie ein ziemlich alter Kater mit flauschig weißem Bart. Mit eisiger Stimme rief er: „Stopp! Wer seid ihr?"

Samtweich antworte ich: „Das dort ist Paul und ich bin Zaubermaus. Und wer bist du?"

„Man nennt mich Herr der Weisheit", gab der alte Kater zurück. „Was wollt ihr hier bei mir auf meinem Schiff?"

Ich schluckte. „Wir hatten gehofft, du würdest uns zu Milli, Brummi und Pu bringen. Paul ist der Vater der beiden Kleinen."

Da wurde Herr der Weisheit milder und antwortete: „Ich habe schon auf euch gewartet. Die Sonnenelfe hat euch angekündigt. Kommt auf mein Boot, aber haltet euch gut fest."

Kurze Zeit später stachen wir in See, die ziemlich rau war.

Meterhohe Wellen schlugen uns entgegen und mir war bald unheimlich schlecht. Paul ging es nicht besser, auch er übergab sich pausenlos. Der Arme war schon ganz grün im Gesicht. Bald schon kam es uns so vor, als wären wir wochenlang unterwegs.

Und dann stürzten wir gleich in das nächste Abenteuer, denn wir wurden von irgendetwas gerammt. Der Herr der Weisheit rief: „Oh je, wir haben ein Leck im Rumpf, wir werden sinken."

Ich wollte noch fragen: „Wie kann denn ein so großes, stabiles Schiff sinken?", doch da war der Herr der Weisheit schon verschwunden. Dieser Feigling hatte Paul und mich auf dem sinkenden Schiff einfach alleine gelassen.

Paul rief nun völlig außer Rand und Band: „Wir sinken, wir sinken!"

„Oh Mann, Paul, halt deine Kappe, ich muss nachdenken", gab ich genervt zur Antwort, denn das Schiff schien schneller unterzugehen, als ich zunächst vermutet hatte. War es das für uns?

Dann wurden wir ein zweites Mal gerammt und ich sah einen riesigen weißen Wal. Dieses Mal konnten Paul und ich uns nicht mehr halten und wir flogen in hohem Bogen ins Meer. Paul hielt sich an meinem Schwanz fest und ich versuchte, mich über Wasser zu halten.

Plötzlich erschien der Wal direkt vor mir und riss sein Maul auf. Es wurde schwarz um mich herum ... und als ich wieder sehen konnte, befanden Paul und ich uns doch tatsächlich im Inneren des Meeressäugetiers. Der Wal hatte uns – *happ* – einfach so verschlungen.

Als wir ein Lachen aus der Ferne hörten – man muss wissen, so ein Wal ist enorm groß –, da wussten wir, dass wir hier nicht alleine waren. Und als wir noch ein Boot in der Ferne sahen, beschlossen wir, ein Floß zu bauen. Schließlich konnte man ja nicht so einfach durch den Magen eines Wals spazieren gehen.

Ich fing an, ein Floß zu bauen, denn genug Material dafür befand sich in dem Magen dafür schon, wie ich längst gesehen hatte. Auf die Idee, mir zu helfen, kam Paul jedoch leider nicht. Er saß nur ganz gemütlich da, schaute mir zu und gab mir Anweisungen. Ich fragte Paul: „Wie wäre es denn, wenn du mir mal helfen würdest?“

Paul grinste: „Ich bin doch viel zu klein dafür.“

„Das merke ich mir“, gab ich zurück.

Nach einigen Stunden hatte ich es auch alleine geschafft, das Floß war fertig. Paul lag da und schlief. Ich rief: „Paul, winke winke!“

Da wachte Paul auf und erschrak sehr. „Zaubermaus, du kannst mich doch nicht alleine hier zurücklassen?“

Nun war es an mir, zu grinsen, und ich rief ihm voller Schadenfreude zu: „Das Floß ist leider viel zu klein für uns zwei.“

Aber natürlich war das nur ein Scherz, denn ich hatte nicht vor, Paul zurückzulassen. Ich wollte ihm nur einen Denkzettel verpassen. Also bestiegen wir zu zweit das Floß und ruderten ans andere Ende des Wales.

Und wir staunten nicht schlecht, was hier alles so rumlag. Als endlich an dem Boot ankamen, das ich aus der Ferne erblickt hatte, staunte ich nicht schlecht. War sie es wirklich?

Paul konnte es mal wieder nicht lassen und rief viel zu laut: „Milli, bist du es?“

Ja, sie war es – aber ihre Engelsflügel waren verblasst und ihr Heiligenschein schimmerte nur noch grau. Ihre Augen waren voller Sorge und Trauer. Milli schaute uns ungläubig an: „Was macht ihr denn hier, Zaubermaus und Paul?“

„Ja, Milli, wir sind“, gab ich zurück, „aber wie kommst du nur hierher und wo sind Brummi und Pu?“

Sie erzählte uns, was passiert war. Als wir auf dem Schiff des Herrn der Weisheit waren, wurde sie am selben Ort von einer unbekannten Macht ins Meer gezogen. Als sie wieder aufwachte, war sie im Inneren des Wals. Wo Brummi und Pu waren, das wusste Milli nicht.

„Ich mache mir so große Sorgen um die beiden“, beendete sie ihre Erzählung.

Ich umarmte Milli und flüsterte ihr zu: „Wir schaffen das, wir werden die beiden finden. Bislang haben wir gemeinsam alles geschafft."

Milli schaute traurig zu Paul. „Hätten wir doch nur nichts miteinander angefangen, dann würde es im Katzenhimmel ruhig sein und mein Vater müsste keine Angst um sein Reich haben."

Paul schaute verwirrt. „Aber wir wollten es doch beide so sehr. Dass daraus nun zwei wundervolle Kinder entstanden sind, können wir jetzt auch nicht mehr ändern. Lass uns lieber überlegen, wie wir hier aus den Wal rauskommen. Vielleicht antwortet er ja, wenn wir ihn ansprechen?"

Die Idee war nicht schlecht, deshalb probierte ich es. „Hallo Wal, ich bin Zaubermaus. Warum hast du uns verschluckt?"

Nach einer Weile kam die Antwort: „Wer wagt es hier, mich anzusprechen?"

Das hörte sich nicht gut an. „Ich bin es, Zaubermaus."

„Ich heiße Mango."

„Oh je, was für ein Name", dachte ich und hatte mit so etwas wie *Moby Dick* gewünscht. Dann jedoch sagte ich: „Mango, was passiert nun mit uns und wann können wir hier raus?"

Doch Mango lachte nur laut: „Ihr glaubt doch nicht im Ernst, dass ihr hier rauskommt."

„Dir wird schon noch das Lachen vergehen", dachte ich mir, denn ich hatte eine Idee. Das Floß war ja für uns drei, also Paul, Milli und mich, groß genug, um diese Reise fortzusetzen. Wenn wir also das kleine Boot, auf dem wir Milli gefunden hatten, in Brand setzen würden und dann Rauch aufsteigen würde, dann müsste Mango sicherlich anfangen zu niesen ... und dabei sein Maul aufmachen. Das könnte für uns die Möglichkeit zur Flucht sein.

Wir überlegten nicht lange, sondern fingen gleich an, ein kleines Feuer zu machen, was im Inneren eines Wals gar nicht so einfach war. Aber wir schafften es und der Rauch stieg langsam auf. Bald merkten wir, dass dies Mango gar nicht toll fand. Er fing an zu niesen, doch nichts passierte.

Erst als der Rauch stärker wurde und selbst Paul, Milli und

ich uns die Nasen zuhalten mussten, da endlich nieste Mango so stark, dass er sein Maul sehr weit öffnen musste. Und so schafften wir drei es, ins Freie zu gelangen, denn Mango nieste so stark, dass er uns quasi wie ein Katapult aus seinem Inneren ins Meer schleuderte.

Nun schwammen wir mit unserem kleinen Floß auf dem offenen Meer, die Wellen trugen uns sanft. Von Weitem sahen wir nach einer Weile etwas Helles. War das vielleicht eine Insel? Wir fingen tüchtig an zu paddeln, denn wir hatten bemerkt, dass der Wal die Verfolgung aufgenommen hatte. Er hatte wohl bemerkt, dass wir ihm entkommen waren. So wie er schwamm, sah man, dass er sehr wütend war.

Ich rief den anderen zu: „Paddelt. Ihr müsst paddeln."

Das war gar nicht so einfach auf dem kleinen Floß. Aber wir hatten wieder einmal Glück, denn eine Riesenwelle erfasste uns und wir wurden in hohem Bogen auf die Insel geschleudert, die wir zuvor schon als helles Objekt am Horizont gesehen hatten.

Nur Mango hatte Pech. Durch die Wucht der Welle war er gegen eine Felswand der Insel geprallte und leblos liegen geblieben. Uns war das egal, denn wir waren gerettet. Er hatte es zuvor ja auch nicht gut mit uns gemeint.

Jetzt aber stellte sich die Frage, wo wir wohl waren. Außerdem waren wir alle besorgt um die beiden Kleinen. Bald machten wir uns also auf, die Insel zu erkunden, doch als es irgendwann dunkel wurde, mussten wir Rast machen. Weil uns kalt war, wärmten wir uns gegenseitig.

Als die Sonne am nächsten Morgen aufging, machten wir uns wieder auf den Weg. Aber wo sollten wir nur hin? Die Insel war ja sehr groß und irgendwie hatte ich den Eindruck, dass uns etwas oder jemand verfolgen würde. Den Eindruck hatte ich schon gehabt, als wir die Insel betreten hatten. Bis jetzt hatte ich noch nichts und niemanden gesehen, auch wenn es ab und zu im Gebüsch raschelte. Ich wollte die anderen nicht beunruhigen, also sagte ich nichts.

Wir liefen weiter und weiter. Endlich kamen wir aus dem Urwald heraus, durch den wir die letzten Stunden gestreift waren. Vor uns sahen wir ein Dorf mit lauter kleinen Strohhäusern. Aber weit und breit war keine Menschenseele zu sehen. War es ein verlassendes Dorf oder waren die Bewohner nur auf der Jagd?

Vor meinem Ableben hatte ich immer gehofft, eines Tages im Katzenhimmel ein paar ruhige Tage verbringen zu können. Dass von Ruhe hier aber gar keine Rede war und ich von Abenteuer zu Abenteuer geriet, na, das hatte ich damals nicht ahnen können. Immerhin hatte ich bereits meine Engelsflügeln erhalten und auch sonst fand ich das Leben hier im Himmel recht angenehm ... trotz der vielen Aufregung.

7

Milli, Paul und ich gingen also in dieses Dorf. Wir schauten uns die kleinen Hütten an, sie sahen von innen sehr hübsch aus, einige hatten sogar Badewannen. Dann hörte ich es wieder im Gebüsch rascheln und sah ein paar Geschöpfe aus dem Gebüsch springen. Sie waren bewaffnet mit Pfeil und Bogen, einige hielten auch Speere in der Hand. Waren wir etwa schon wieder in Gefahr? Und was waren das dieses Mal für Wesen? Sie waren nicht größer als eine Katze, aber es waren keine Katzen. Ich sah, dass sie einen langen gezackten Schwanz hatten und bei ganz genauem Hinsehen erkannte man eine sehr lange Schnauze. Oh mein Gott, es waren Krokodile. Und die sahen sehr hungrig aus.

„Die wollen uns doch nicht etwa fressen?", ging es mir durch den Kopf. Ich stellte mich mutig vor Milli und Paul und rief: „Halt. Stopp. Wir kommen in friedlicher Absicht."

Eines der Krokodile kam auf mich zu und schnupperte an mir, bevor es mich ansprach und nach meinem Namen fragte. Außerdem wollte es wissen, was wir auf der Insel zu suchen hatten. Als das geklärt war, sagte das Krokodil: „Ich bin Kroko, Herrscher der Krokodile. Ich würde euch ja gerne bei eurer Suche nach euren Kindern weiterhelfen. Die Namen Brummi und Pu hab ich sogar schon einmal gehört, die beiden waren tatsächlich kurz hier auf der Insel, sind dann aber vor einigen Tagen mit einem riesigen Greifvogel auf und davon geflogen!" Er schaute mich freundlich an. „Ihr drei könnt aber gern die Nacht hier bei uns verbringen und euch ausruhen."

Ich traute dem Braten jedoch nicht, denn Kroko war mir plötzlich zu freundlich, ja, fast schon zu freundlich. Seine Kumpels sahen dagegen alles andere als freundlich aus.

Aber uns blieb leider nichts anderes übrig, als die Nacht auf der Insel zu bleiben! Ich sagte leise zu Milli: „Wir bleiben alle ganz eng zusammen, ich trau denen nicht über den Weg." Milli und Paul nickten. Uns wurde eine Hütte im Dorf zugewiesen und wir legten uns schlafen.

Mitten in der Nacht erschütterte ein starkes Beben unsere Schlafstätte und wir wurden wach. Ich ging nach draußen und was ich dort sah, erschütterte mich. Schnell nahm ich Paul auf meinen Rücken, rief ihm zu, er solle sich gut festhalten und dann zog ich Milli ebenfalls mit mir. Sie konnte ja selbst laufen – beziehungsweise fliegen – so musste ich sie nicht auch noch tragen.

Aber bei unserem Glück kamen wir nicht sehr weit. Und dann sahen wir es: Das Geschöpf, das uns verfolgte, hatte die doppelte Größe eines Krokodils und war megaschnell unterwegs. Dann bemerkte ich zu allem Überfluss auch noch, dass uns plötzlich irgendetwas festhielt. Wir konnten nicht mehr laufen – wir waren tatsächlich mit einem Netz eingefangen worden. „Nicht schon wieder", dachte ich, „das ist ja wie eine Seuche hier mit dem Einfangen und Festnehmen!"

Nun lagen wir am Boden und konnte uns kaum bewegen. Paul rief: „Hilfe, Hilfe, ich will nicht gefressen werden!"

Das riesige Wesen, das ich gesehen hatte, kam schnurstracks auf uns zu, es war eine Echse. Eine sehr große Echse sogar. Mit feurig roten Augen und mit einer riesigen Zunge, die uns erst einmal alle drei ableckte.

„Igitt", sagte ich dieses Mal leise und sah, dass sich auch Milli und Paul ziemlich ekelten. Doch anscheinend war die Echse gar nicht so bösartig, wie wir zunächst geglaubt hatten. Ich hatte sogar den Eindruck, sie wolle mit uns spielen. Ich sprach sie vorsichtig an: „Huhu, wie heißt du denn?"

Da senkte sie den Kopf zu mir herunter und grinste mich an. „Zaubermaus, du weißt, wer ich bin."

Ich schaute mir das Tier ganz genau und blieb an seinen Augen hängen. Da ging mir ein Licht auf: „Oh nein, Pu, bist du das? Und wie zum Teufel bist du nur so geworden? Eine Echse? Und sag, wo ist Brummi?"

Pu erzählte mir dann, dass ich Brummi wohl lieber jetzt nicht sehen wolle, sie sei zum Bösen übergelaufen. Das würde Milli wohl das Herz brechen.

Nun kam auch Milli ganz nah an die Echse heran und schaute ihr in die Augen. „Pu, was ist aus dir geworden!“, rief sie überrascht und schockiert.

Pu fing an zu weinen. Milli streichelte Pu die Tränen weg und flüsterte leise: „Alles wird gut, mein Kind, alles wird gut.“

Bald darauf machten wir uns auf dem Weg, nachdem uns Pu aus dem Fangnetz befreit hatte, das er über uns geworfen hatte, um uns aufzuhalten.

Nun waren wir wieder zu viert unterwegs. Wir streiften weiter über die Insel, und als es erneut dunkel wurde, kamen wir an einen Wasserfall. Dort machten wir Rast und wollten hier auch gleich übernachten. Milli aber sagte: „Wir müssen durch diesen Wasserfall hindurch, um auf die andere Seite der Insel zu gelangen. Dort können wir besser übernachten als hier.“

Ich fragte mich, woher Milli das wohl wusste. War sie schon einmal hier gewesen? Oder spielte sie etwa mit uns ein falsches Spiel? Trotzdem vertraute ich ihr und wir gingen alle durch den Wasserfall hindurch.

Es dauerte gar nicht lange, bis wir auf der anderen Seite ankamen, auch wenn der Gang sehr schmal war. Pu, unsere Echse, hatte sogar recht viele Mühe, hindurchzukommen, denn er war nicht gerade schlank und zudem sehr groß. Aber auch das klappte.

Was wir auf der anderen Seite des Wasserfalls sahen, haute uns um. Mein Gott, war das schön hier. Überall sah man wunderschöne Blumen und Pflanzen. Und jede hatte ihren ganz eigenen Duft. Paul hüpfte sogleich in dieses Blumenmeer, wovon Milli nicht so begeistert war. Auch Pu machte keinen so einen glücklichen Eindruck.

Plötzlich raschelte es nämlich zwischen den Pflanzen und Paul, der Angsthase, verkroch sich mal wieder hinter meinen Rücken. Dann hörten wir ein leises *Miau*. Und tatsächlich hüpfte bald darauf eine kleine süße Katze auf uns zu und beschmuste uns alle. Mit Ausnahme von Pu, vor dem sie sich wohl fürchtete. Aber das konnten wir ihr nicht verübeln. Er war wirklich nicht sehr hübsch anzusehen.

Die kleine Katze schaute uns liebevoll an und wollte wissen, wer wir seien. Wir erzählten ihr alles, was sie wissen musste, und ließen uns dann von ihr berichten.

„Ich heiße Else“, sagte sie und wir konnten uns ein Grinsen nicht verkneifen. So ein altmodischer Name. „Ihr seid im Land des Vergessens gelandet. Wer hier an den Blumen schnuppert und fremd hier ist, der vergisst alles, was je war.“

Nach diesen Worten drehte ich mich schnell zu Paul um, er hatte an den Blumen geschnuppert. Ich fragte ihn: „Alles ok bei dir?“

Paul aber schaute mich nur an und fragte: „Wer bist du denn? Bist du meine Mami?“

Gleich wollte ich die anderen warnen, aber es war zu spät. Pu und Milli hatten bereits geschnuppert. Musste ich denn hier auf alle aufpassen? Nun standen die drei da und wussten nicht mehr, wer sie waren. Sie benahmen sich auf einmal alle wie Kinder, spielten und tobten wie verrückt herum.

Zum Glück hatte ich an keiner Pflanze geschnuppert. Mein Gedanke war nur: „Wie soll ich aus diesen verspielten Kindern wieder normale Wesen machen?“ Ich wurde richtig böse, schnappte mir Else und schüttelte sie erst einmal richtig durch. „Wenn du mir nicht sofort sagst, wie die drei hier ihr Gedächtnis wiedererlangen, ich schwör dir, ich werde dir jedes einzelne Haar einzeln ausreißen. So wahr ich Zaubermaus heiße. Haben wir uns verstanden?“

Else schaute mich mit ihren blauen Augen an und sagte mit leiser Stimme: „Es gibt eine Pflanze, die alles rückgängig machen kann.“

„Und wo gibt es diese Pflanze?“, fragte ich.

„Da müssen wir ein wenig stromaufwärts laufen“, gab Else Antwort.

8

Wir liefen also los. Immer wieder hörte ich leise Stimmen, die riefen: „Komm, schnupper an mir ... nein an mir." Aber ich wusste ja, was mir dann blühen würde, also blieb ich standhaft. Ich fragte Else: „Wie weit ist es denn noch?"

Sie drehte sich um und sagte: „Hab Geduld, wir sind bald da."

Wir waren sicherlich Stunden unterwegs gewesen, bis wir zu einer großen Pflanze kamen. Sie ragte bis hoch in den Himmel. Else zeigte auf die Pflanze und sagte: „Dort oben findest du die Lösung für dein Problem. Du musst nur die Blüten von dieser Pflanze nehmen und deine Freunde erhalten ihr Gedächtnis wieder."

Wie, um Gottes willen, sollte ich denn nun dort hinauf kommen? Ich dachte an Paul, die Maus, aber Paul war irgendwie vollkommen weggetreten, also blieb mir nichts anderes übrig, als selbst nach oben zu klettern.

Und das war nicht einfach, auf meinem Weg nach oben wäre ich einmal fast abgestürzt und konnte mich gerade noch im letzten Moment am Blütenstängel festhalten.

Als ich endlich oben war – über den Wolken –, da konnte ich auch die Blüte sehen. Sie war wunderschön. Ich betrachtete sie nur, daran riechen wollte ich besser nicht. Und wer saß da oben auf der Blüte? Es war Else, das Miststück hatte mich doch tatsächlich veräppelt.

Als ich nun ein paar Blütenblätter und Blütenstaub entnehmen wollte, rief Else: „Denk daran, tu nur das, was du für richtig hältst."

Was sollte das denn nun wieder heißen? „Else, solltest du mich reinlegen wollen, ich schwör dir hoch und heilig, ich werde dich jagen ... und ich bekomme dich!"

Sie lachte: „Du kannst alles nehmen, was du brauchst."

Doch als ich Blätter und Blütenstaub entnahm, wurde es plötzlich über mir sehr dunkel und mir wurde, ehrlich gesagt, sehr mulmig zumute. Ich rief Else warnend zu: „Man sieht sich immer zweimal im Leben." Dann versuchte ich, so schnell es ging, wieder auf den Boden zu kommen, und hoffte nur, dass die dunkle Wolke mich nicht verfolgen würde.

Unten angelangt, führten sich Milli, Paul und Pu immer noch wie Kinder auf und erkannten mich immer noch nicht. Wie sollte ich sie dazu bekommen, an dem Blütenstaub der Himmelspflanze zu schnuppern? Würden sie überhaupt still halten? Ich schaute zum Himmel und sah, dass die schwarze Wolke langsam zu uns nach unten kam. Ich musste nun handeln.

Ich versuchte, meine Engelsflügeln zu bewegen, was, Gott sei Dank, ging. Dann flog ich ganz einfach auf Milli, Pu und Paul zu und hielt ihnen die Wunderpflanze unter die Nase, sodass sie einfach schnuppern mussten. Gleichzeitig hoffte ich, dass mich Else nicht belogen hatte.

Nachdem die drei den Duft der Pflanze aufgenommen hatten, fielen sie in einen tiefen Schlaf. Ich aber bekam es mit der Angst zu tun, weil die schwarze Wolke inzwischen verdammt nah bei uns war. Ich schrie: „Aufwachen, los, wacht auf!" Aber sie bewegten sich nicht.

Plötzlich blieb die schwarze Wolke stehen, bewegte sich nicht weiter. Man hätte meinen können, sie habe vor irgendetwas Angst. Ich versuchte mein Glück noch einmal, meine Freunde zu wecken, und trat dabei aus Versehen auf Pauls Mäuseschwanz.

Paul schrie auf: „Mensch, Zaubermaus, kannst du nicht aufpassen, wo du drauf rumtrampelst?"

Auch Milli und Pu wurden von Pauls lautem Jammern wach. Milli rief: „Paul, schrei nicht so laut. Schau lieber, was da vor uns steht!" Dann zeigte sie auf die schwarze Wolke.

Pu lief einfach auf die Wolke zu, die aber wich vor ihm zurück. Ich fragte mich, ob Pu vielleicht die Macht hatte, die Wolke zu vertreiben. Unterdessen blitzte und funkelte es in der Wolke, dann ertönte daraus eine Stimme: „Pu, hilf mit bitte. Ich bin Brummi, ich bin nicht übergelaufen zum Bösen. Glaub mir bitte. Milli, bitte hilf mir, ich bin doch dein Kind."

Ich musste Milli festhalten, denn sie wollte in die Wolke hineinspringen, doch ich sagte ihr, es könne auch eine Falle sein. Dann sah ich Pus langen Echsenschwanz in der Wolke verschwinden, konnte ihn gerade noch fassen und wieder herausziehen.

So schnell, wie die Wolke aufgetaucht war, so schnell verschwand sie daraufhin auch wieder.

Also machten auch wir uns wieder auf dem Weg, gingen weiter durch das Land des Vergessens. Wir wollten schließlich Brummi bald endgültig wieder bei uns haben.

Immer wieder hörten wir auf unserem Weg leise Stimmen: „Schnuppert an uns und ihr werdet glücklich werden." Paul wollte es wieder versuchen, doch zum Glück sah ich das noch rechtzeitig und gab Paul eins mit meiner Tatze. Er piepste kurz, verstand es dann aber.

Langsam aber sicher wurde es wieder dunkel und wir mussten Rast machen, denn in der Dunkelheit zu laufen, das Risiko war uns dann doch zu groß. Wir beschlossen, ganz eng nebeneinander zu schlafen, so dachten wir, besser geschützt zu sein.

In der Nacht konnte ich mich schlecht bewegen, dachte mir aber nichts dabei. Doch als wir am Morgen aufwachten, sah ich, dass wir nicht mehr im Land der Blumen und des Vergessens waren und, was viel schlimmer war, Ketten mit Stahlkugeln an den Beinen hatten. Hätte doch bloß einer von uns Wache gehalten! Ich machte mir Vorwürfe, aber für ein solches Geschehen hatte es keine Anzeichen gegeben. Dann hörte ich plötzlich ein lautes Brummen, das hörte sich gar nicht gut an. Auch der Boden bebte ein wenig und um uns herum lagen Knochen. Wir waren, das sah ich, in einer Höhle gefangen. Das Brummen und Beben wurde immer stärker, dann sah ich ihn – ein riesiger Braunbär kam auf uns zu, er war sicherlich an die zwei Meter groß und hatte entsprechend große Pranken. Er schnaufte sehr laut und sein Gesicht sah nicht gerade freundlich aus.

Wutentbrannt kam er auf uns zu und riss sein großes Maul auf, pfui, war das ein Gestank! Wir hatten alle große Angst, aber wegrennen ging ja leider auch nicht, der Bär hätte Milli, Pu, Paul und mich sicherlich gleich eingeholt.

Nun stand er genau vor uns, er fletschte seine Zähne und brüllte uns an. Wir machten uns fast in die Hose. Doch plötzlich sackte der Bär wie ein nasser Sack um zusammen, ich konnte Paul gerade noch wegziehen. Wäre der Bär auf ihn gefallen, wäre Paul sicherlich Brei gewesen. Warum er umgefallen war, konnten wir uns jedoch nicht erklären.

Ich bemerkte aber, dass es nach Schwefel roch. Dann sah ich funkelnde, knallrote Augen, aber nicht mehr, und hörte kurz darauf eine leise Stimme: „Ich bin es, Brummi, bitte fragt mich nicht, warum ich so hässlich aussehe. Ich habe dem Bären etwas an den Kopf geworfen, aber lange wird er nicht schlafen. Ihr müsst also verschwinden und schnell einen Weg zurück ins Reich des Katzenhimmels finden. Eine böse Macht versucht immer noch, den Katzenhimmel zu übernehmen. Nur ihr könnt das verhindern. Ihr habt drei goldene Schlüssel. Bewahrt sie gut auf. Ich kann euch aber auch noch sagen, dass euch noch drei weitere Schlüssel fehlen. Und dass Paul bei deren Suche eine große Rolle spielen wird."

Paul war sehr erstaunt: „Ich? Warum ich?"

Doch Brummi sagte nur noch: „Du musst tapfer sein, es wird alles wieder gut werden." Dann wandte sie sich an ihre Mutter: „Milli, geliebte Mutter, mach dir keine Sorgen um mich. Mir geht es gut." Und bevor Milli etwas erwidern konnte, war Brummi auch schon wieder verschwunden, hatte zuvor aber noch unsere Ketten entfernt.

Befreit schlichen wir aus der Höhle heraus, in der uns der Bär gefangen gehalten hatte. Aber wo sollten wir nun wieder hin? Plötzlich sah ich von Weitem etwas auf uns zufliegen. Was war das nun schon wieder?

Bald darauf landete ein großer Adler direkt vor uns. Er schaute uns nur an und sagte: „Ihr braucht keine Angst vor mir zu haben, ich bringe euch von hier weg. Steigt auf meinen Rücken.“ Was aber sollten wir mit Pu machen? Die Echse war ja viel größer als der Vogel. Kaum hatten wir den Gedanken ausgesprochen, schrumpfte Pu. Zu ergründen, wie das vor sich ging, blieb keine Zeit mehr, denn wir sahen, dass der Braunbär angerannt kam. Er war also wieder erwacht!

„Haltet euch gut fest, es geht weit nach oben“, rief uns der Adler zu, nachdem wir alle auf seinem Rücken Platz genommen hatten.

Paul war mal wieder übermütig und streckt dem Bären die Zunge raus. Er rief: „Ätsch, Pech gehabt.“ Doch das konnte der Bär wohl nicht mehr hören, wir schwebten bereits hoch in der Luft.

9

Wir flogen mit dem Adler die ganze Nacht und den nächsten Tag durch, ohne überhaupt einmal Pause zu machen. Langsam, aber sicher wurden wir sehr müde und unsere Kräfte verließ uns. Dann endlich kamen wir an unser Ziel, wo uns der Adler absetzte.

Überall war Sand und die Sonne brannte vom Himmel. Ohne Wasser und Essen waren wir hier verloren, das wusste ich genau. Also rief ich wieder einmal: „He, du kannst uns doch nicht hier so einfach zurücklassen."

Doch das interessierte den Vogel nicht. Schlagartig verwandelte er sich in ein riesiges, rotes Geschöpf und wir stellten fest, dass auch der Adler ein Gehilfe des unsagbar Bösen sein musste und uns reingelegt hatte. Wieder schienen wir in eine ausweglose Situation geraten zu sein.

Ich sah Milli an. „Was ist mit deinen Zauberkräften? Du bist doch die Tochter des Katzengottes. Ich verstehe nicht, wie dein Vater nur zu herzlos sein kann, uns einer Prüfung nach der anderen auszusetzen." Ich war ziemlich frustriert.

Und so ging ich gleich auch Paul an: „Du schau nicht so verdutzt, Paul. Deinetwegen bin ich doch erst in so ein Abenteuer geraten. Weil du mit Milli ein Verhältnis hast und daraus Brummi und Pu entstanden sind. Und weil eure Väter deswegen auf euch sauer sind, nur deshalb stecken wir alle in solch einem Schlamassel. Hinzu kommt auch noch, dass der Katzenhimmel in Gefahr ist, das haben wir ja nun schon oft genug gehört. Dabei könnte ich, Zaubermaus, so ein tolles Leben hier im Himmel führen. Und nun? Geraten wir von einem Abenteuer ins andere. Hat einer von euch vielleicht zufällig eine zündende Idee, wie wir aus dieser Situation hier wieder rauskommen können? ... Schaut mich nicht mit großen Augen an!"

So böse hatten mich Milli, Paul und Pu wohl noch nie gesehen, aber ich war auch wirklich wütend. Vor uns stand noch immer des Teufels Gehilfe und wir hatten keine Ahnung, wie wir aus der heißen Wüste und dem Monster entkommen konnten. Meine Verzweiflung wuchs: „Wenn du da oben, lieber Katzengott, mich hören solltest, ich bitte dich, hilf uns."

Da hatte ich aber wohl ein wenig zu doll geschimpft, denn plötzlich zogen schwarze Wolken auf und ehe ich mich versah, traf ein heller goldener Strahl den Gehilfen des Bösen, der aufschrie und verschwand. Doch dann wurde es gruselig, denn es kam eine riesige Pranke aus der schwarzen Wolke, ergriff Pu und Milli und zog beide zu sich nach oben.

Am Boden übrig blieben nur noch Paul und ich. Dann öffnete sich der Himmel noch einmal und die Pranke setzte direkt vor uns ein Kamel ab. Ich kam aus dem Staunen gar nicht mehr heraus. Wenn ich all das, was hier geschah, meinen alten Freunden auf der Erde erzählen würde, hielten die mich wahrscheinlich für komplett verrückt. Hier im Katzenhimmel schien sich allerdings niemand über diese merkwürdigen Dinge zu wundern. Ich hatte wohl noch viel zu lernen ...

Das Kamel hatte dann nichts besseres zu tun, als Paul und mich mit großen Augen anzuschauen und uns durchs Gesicht zu lecken. Igitt. Schließlich sagte es zu uns: „Ich bin Emil und man hat mir die Aufgabe gegeben, euch hier raus und ins Land der Liebe zu bringen. Steigt auf meinen Rücken."

Schon ging es los. Ich hoffte unterwegs immer wieder, Milli und Pu auf dem Weg ins Land der Liebe finden zu können. Aber leider war breit und weit nichts von ihnen zu sehen.

Emil lief zügig – oder vielmehr rannte, wie vom Blitz getroffen – durch die Wüste.

Nach einigen Stunden kamen wir an einer großen Glastür an. War das der Eingang ins Land der Liebe? Er musste es wohl sein, denn Emil rief jetzt: „Oh, du großer Herr der Liebe, Karim, öffne die Tür, ich bring dir Frischfleisch!"

Zuerst dachte ich, mich verhört zu haben, doch dann öffnete sich die Tür und ich sah, dass wir hier sicherlich nicht richtig waren. Als Karim, der Herrscher im Land der Liebe, uns sah, schüttelte er jedoch den Kopf. „Die sind nicht für uns“, sagte er zum Kamel, drehte sich um, verschwand und mit ihm auch das Kamel.

Ich war ratlos.

Doch nicht lange, denn wieder einmal kam uns eine Elfe zu Hilfe. Sie hatte einen kleinen Katzenkopf und eine freundliche Stimme. „Ich heiße Nora und komm vom Katzengott. Ich soll euch helfen, von hier wegzukommen. Der Teufel, sein Widersacher, wollte euch in Versuchung führen im Land der Liebe. Aber ihr seid auserwählt, ihr müsst weiterhin nach den noch fehlenden drei Schlüssel suchen, sie sind wichtig, um den Katzenhimmel zu retten. Milli, Pu und Brummi, die ihr immer wieder suchen müsst, haben in diesem Spiel auch sehr wichtige Aufgaben. Erst wenn ihr alle wieder zusammen seid und alle sechs Schlüssel gefunden habt, die in den vielen Ländern des Katzenhimmels an allen möglichen Orten versteckt sind und von ihren Hütern gut bewacht werden, werden wir das unsagbar Böse besiegen können. Nur dann! Die goldenen sechs Schlüssel haben magische Kräfte, die über alles gehen, was die Welt bisher gesehen hat. Lasst euch noch sagen, die Zeit eilt. Die schwarze Macht wird von Tag zu Tag stärker. Unser Katzenreich wir untergehen, wenn ihr es nicht retten könnt.“

Also hatte mein kleines Stoßgebet den Katzengott wohl doch erreicht. Und noch mehr, er hatte uns einen Boten gesendet, der uns nun erklärt hatte, warum wir überhaupt auf dieser ungewöhnlichen Reise waren. Milli, Paul, Brummi, Pu und ich waren die Auserwählten, in deren Händen es lag, den Katzenhimmel vor dem Bösen zu bewahren. Ich fühlte mich geschmeichelt, dass mir eine solche Aufgabe zuteil geworden war.

Nora hob nun ihren Elfenstab und schwang ihn durch die Luft. Sie winkte uns kurz zu, dann löste sie sich in Luft auf.

Paul und ich standen außen vor einer gläsernen Tür und wussten nicht was, was uns nun erwartete. Doch als ich mich umsah, bemerkte ich, dass wir nicht an der Stelle waren, an der wir das Land der Liebe betreten hatten. Um uns herum waren Berge und ein Fluss. Ich hatte eine Idee. „Paul, lass uns dem Fluss folgen, der muss ja irgendwo hin führen."

Wir liefen los und es war recht idyllisch. Wir sahen, wie kleine Fische aus dem Wasser des Flusses sprangen und gleich in die Fluten wieder eintauchten.

Als wir nach einer Weile Hunger bekamen, beschlossen wir, einen Fisch zu fangen. Wir warteten, bis wieder ein Fisch hochsprang, das dauerte nicht lange und *zack* hatten wir einen geangelt. Gerade als wir den Fisch töten wollten, rief er: „Ihr wollt mich doch nicht etwa essen, oder? Ich würde euch mit Sicherheit nicht schmecken."

Einen sprechenden Fisch hatte ich auch noch nicht gesehen und so sagte ich: „Wir haben Hunger, tut mir leid für dich."

Der Fisch räusperte sich: „Ich verspreche euch, wenn ihr mich am Leben lasst, werde ich euch so viel zu essen geben, wie ihr verputzen könnt. Okay? Ihr müsst mir nur folgen, ich schwimme ganz langsam voraus."

Ich schaute Paul an, der nickte. „Gut, wir lassen dich frei", sagte ich dann und setzte den Fisch ins Wasser zurück.

„Ich heiße übrigens Ole", antwortete der Fisch, als er wieder im Wasser war.

Es dauerte eine gefühlte Ewigkeit, bis wir endlich ans Ziel kamen, das Ole uns vorgegeben hatte. Zwischendurch hatte ich immer wieder überlegt, ob Ole wohl gelogen habe könnte, um sein Leben zu retten, aber dann kamen wir wirklich an der Blockhütte mit dem Eingang, der aussah wie ein riesiges Fischmaul, an, die uns Ole vorher genau beschrieben hatte. Sogar die große Fischflosse oben auf dem Dach war zu sehen.

Ole kam aus dem Wasser heraus und meine Augen wurden immer größer, denn jetzt ging Ole auf Füßen und Beinen durch das große Fischmaul hindurch und rief: „Na, worauf wartete ihr denn noch?“

Wir zögerten nicht lange und folgten ihm in die Blockhütte. Überall an den Wänden hingen Gemälde von Fischen, die sehr prächtig gekleidet waren. Ole führte uns schließlich in einen Saal, in dem ein langer Tisch stand. Und darauf war allerhand zu essen angerichtet. Es gab einfach alles, was unser Herz begehrte. Paul wollte sich gleich auf das Essen stürzen, doch ich hielt ihn zurück: „Was, wenn das wieder eine Falle ist?“

Ole sah uns an. „Warum esst ihr nichts? Ah, ihr denkt, es sei eine Falle?“ Dann lachte er laut. „Macht euch keine Sorgen, es ist alles in Ordnung.“ Ole nahm sich von den zubereiteten Speisen und haute ordentlich rein. Da erst waren wir sicher, dass auch wir von dem leckenen Essen nehmen konnte. Wir hatten mächtig Hunger und ließen es uns schmecken.

Als wir alles ratzeputz verputzt hatten, fragte ich Ole: „Und wie geht es nun weiter?“

Ole überlegte kurz, dann sagte er: „Ihr müsst nun wieder euren eigenen Weg alleine gehen. Meine Aufgabe war es nur, euch ein Stück zu begleiten und euren Hunger zu stillen. Ruht euch heute Nacht in dieser Blockhütte aus und sammelt neue Kräfte. Morgen zieht ihr weiter. Große Taten und Aufgaben liegen vor euch. Ihr müsst eure Wegbegleiter finden und mit ihnen zusammen die goldenen Schlüssel. Ich wünsche euch viel Glück. Ich verabschiede mich nun von euch und gehe zurück in mein Reich. Legt euch hin.“

Das taten wir dann auch und setzten am nächsten Morgen unseren Weg ins Ungewisse fort. Doch seitdem wir losgegangen waren, hatte ich irgendwie immer das Gefühl, weiterhin von Ole beobachtet zu werden. Paul ging es nicht anders, wie er mir verriet.

10

Doch es war nicht Ole, der uns verfolgte, sondern ein anderes Tier, wie sich bald herausstellte. Denn plötzlich erschien aus einem Gebüsch ein Tier halb Schlange, halb Piranha und züngelte nach uns.

Mutig stellte ich mich vor Paul. Ich wollte ja nicht, dass die Maus von diesem Wesen gefressen wurde.

Das schlangenähnliche Getier sah mir fest in die Augen und fragte: „Bist du Zaubermaus? Und das da“, es zeigte auf Paul, „diese Maus, ist das Paul?“

Ich nickte.

„Na, dann könnt ihr von Glück sagen, dass ich euch gefunden habe. Mein Name ist Schnulle, Herrscher aller Schlangenwesen und König der Schlangeninsel. Ich verneige mich vor euch.“

Ich betrachtete Schnulle genau und da fiel es mir ins Auge. Der Herrscher der Schlangen trug ebenfalls einen goldenen Schlüssel um den Hals. Paul zwinkerte mir zu, auch er hatte ihn entdeckt. Nun blieb nur noch die Frage, wie wir an den Schlüssel kommen konnten.

Doch Schnulle unterbrach meine Gedanken. „Ich bringe euch an einen sicheren Ort, hier ist es zu gefährlich für euch. Folgt mir.“

Wir folgen Schnulle, doch bald versperrten uns zwei stattliche Schlangen den Weg.

Eine der beiden rief: „He, Schnulle, bringst du endlich unser Abendbrot?“

„Wie ... was ... Abendbrot!“, rief ich entsetzt.

Die Schlange lachte: „Schnulle, du hast denen doch nicht etwa das Märchen erzählt, dass du der König aller Schlangen bist? Hahaha ...“

Wir waren also schon wieder einmal belogen worden.

„Schnulle, du hast uns doch versprochen, dass uns nichts passiert“, rief ich.

Schnulle drehte sich zu mir um: „Ihr braucht keine Angst haben, ich halte mein Versprechen.“

Trotzdem war ich entsetzt und wandte mich an die beiden Schlangen, die uns aufgehalten hatten: „Wir sind nicht euer Abendbrot. Ich bin Zaubermaus und das da ist Paul. Und solltet ihr wagen, uns anzufassen, oder den Versuch starten, uns zu fressen, dann könnt ihr euch warm anziehen, das verspreche ich euch.“

Die beiden Schlangen schauten uns entsetzt an. „Ihr wisst wohl nicht, wer wir sind? Was fällt euch eigentlich ein, in diesem Ton mit uns zu reden. Unsere Namen sind Schnalle und Schnolle. Und das ist unser Sohn Schnulle. Oder mit anderen Worten, damit ihr es versteht: WIR die Herrscher dieser Insel.“

Dann aber beruhigten sich die beiden Schlangen wieder und führten uns in ihr Reich.

Nachdem wir uns dort umgesehen hatten, forderten Schnalle und ihr Mann uns auf, unsere Geschichte zu erzählen, was wir gerne taten. Von meinen ersten Tagen im Katzenhimmel, von Brummi und Pu und der Liebe ihrer Eltern. Vom Teufel und dem Katzengott und natürlich auch von der schwarzen Macht, die das Katzenreich bedrohte. Gefühlte 20 Stunden später hatten ich den beiden alles erzählt.

Dann legten wir uns schlafen.

Aber ich konnte nicht einschlafen und hatte nur noch einen einzigen Gedanken. Ich musste irgendwie an den vierten goldenen Schlüssel kommen, der um Schnulles Hals hingen. Denn nur der konnte zu unserer Rettung beitragen. Ich weckte Paul und flüsterte ihm zu: „Los, hol den Schlüssel.“

Paul schlich sich an Schnulle an und zog ihm ganz vorsichtig den Schlüssel vom Hals. Dann machten wir uns aus dem Staub, und zwar so schnell es ging und bevor die drei anderen wieder wach wurden.

Doch wir hatten die Rechnung ohne den Wirt gemacht. Natürlich hatten Schnulle und seine Eltern mitbekommen, was wir getan hatten, und hatten sogleich die Verfolgung aufgenommen.

Bald schon waren sie uns so nah auf den Fersen, dass ich Schnulle rufen hören konnte: „Gebt uns den Schlüssel zurück, ihr stürzt uns alle nur ins Unglück."

Paul rief verzweifelt: „Zaubermaus, tu was, sie haben uns gleich eingeholt."

Dann machte er eine Pause und und überlegte. „Dreh den Ring, den magischen Ring, den du zu Beginn der Reise von Namenlos erhalten hast. Dreh, um Himmels willen, den Ring. Tu es jetzt, Zaubermaus!"

Also drehte ich den Ring. Nach links – es passierte nicht. Nach rechts – *zack* – wir lösten uns quasi in Luft auf und verschwanden.

11

Als wir wieder sichtbar wurden, lagen wir auf einer grünen Wiese und hatten es tatsächlich geschafft, Schnulle und seinen Eltern zu entkommen und den vierten Schlüssel in unseren Besitz zu bringen. Langsam aber hatte ich wirklich die Schnauze voll von all diesen Abenteuern. So hatte ich mir mein Leben nach dem Tod nicht vorgestellt. Ich hatte den Gedanken noch nicht zu Ende gedacht, da stand plötzlich ein großes grünes Monster vor uns. Es wäre ja auch zu schön gewesen, wenn es hier so still geblieben wäre, wie es anfangs zu sein schien ...

Leider konnte Paul auch dieses Mal sein vorlautes Maul nicht halten. „He, du hässlich Monster, wer bist du und wo sind wir?", fragte er. Dass Paul aber auch immer so ausfallend sein musste. Aber zu meinen Erstaunen war das grüne Monster gar nicht böse über diese Worte, sondern fing an zu weinen. Es weinte sogar so doll, dass die Tränen fast wie ein Wasserfall flossen.

Als es sich beruhigt hatte, sagte das Monster: „Ihr seid so gemein zu mir. Und beschimpft mich als Monster. Dabei bin ich gar kein Monster." Dann fing es wieder an zu weinen.

Ich schimpfte mit Paul: „Siehst du, Paul, was du angerichtet hast. Nun entschuldige dich mal schön."

Paul zögerte, ging dann aber zum grünen Monster und entschuldige sich brav. „Dürfen wir dann noch fragen, wie dein Name ist?"

Mit verhaltener Stimme antwortete das Monster, das kein Monster sein wollte: „Ich bin Yoko und ihr seid im Land der Heulsusen."

Auch von diesem Land hatten ich noch nie gehört. Aber zufällig waren wir sicherlich nicht hier, deshalb fragte ich sogleich: „Wir suchen Brummi und Pu und ihre Mutter Milli."

Yoko überlegte. „Ja, ich habe von ihnen gehört. Brummi war

kurz hier. Ich habe gehört, dass sie von irgendwem verfolgt wurde. Aber mehr weiß ich nicht." Yoko schaute uns abwechselnd an. „Und da hinten auf der Wiese schlummern eine schöne Katze mit Engelsflügeln und Heiligenschein und eine hässlich Echse. Vielleicht sind das Milli und Pu, die ihr sucht."

Paul und ich blickten uns um. Und tatsächlich – nur wenige Schritte von uns entfernt lag Milli und schlief den Schlaf der Gerechten. Neben ihr lag Pu und schnarchte laut vor sich hin. Wir gingen sofort auf sie zu und rüttelten sie wach.

„Wo bin ich?", fragte Milli, als sie die Augen aufschlug. Als sie uns endlich erkannte, sprang sie auf und umarmte uns. „Wir haben uns wieder", rief sie. Auch Pu freute sich sehr, dass wir wieder zusammen waren. Dann berichteten beide, was ihnen passiert war, seit sie von der schwarzen Wolke entführt worden waren.

„Wir haben gedacht, sie wolle uns töten. Das tat die Wolke aber nicht, sondern ließ uns einfach auf dieser Wiese fallen. Kaum lagen wir hier, begann es zu regnen. Dann weiß ich nichts mehr. Aber jetzt seid ihr hier und wir können gemeinsam weiterziehen und Brummi suchen. Ich vermisse sie so sehr."

„Wir auch", antwortete ich und wandte mich dann an Yoko. „Sind außer dir noch andere Wesen hier im Land der Heulsusen?"

„Ja, sicher", antwortete Yoko, „hier laufen eine Menge Heulsusen herum."

Jetzt mischte sich Milli ein. „Warum heulen denn alle hier?", wollte sie wissen, denn die Heulsusen taten ihr irgendwie leid.

„Wir wurden mit einem Fluch belegt", erklärte Yoko. „So lange wir keinen finden, der es schafft, den Herrn der Wölfe zum Lachen zu bringen, müssen wir weinen."

Das tat uns allen natürlich sehr leid und so fragten wir: „Wo ist denn der Wolf, der zum Lachen gebracht werden soll?"

Weinend forderte Yoko uns auf, ihm zu folgen, was wir auch taten. Er führte uns zu einem Felsen. Schon von Weitem sah man den Wolf, der funkelnde gelbe Augen und riesige Zähne hatte. Oje, und den sollten wir zum Lachen bringen? Ich sah die Heulsuse ernst an. „Wenn wir es schaffen, den Wolf zum Lachen zu bringen, wollen wir von euch Heulsusen eine Gegenleistung haben“, schlug ich vor. „Welche das ist, sagen wir die später.“

Yoko nickte und heulte weiter: „Der Wolf heißt Yogi.“

Ich schlich mich also erst einmal ganz nah an den Wolf heran. Und dann sah ich, dass auch er – wie die Heulsuse – ganz rote Augen vom vielen Weinen hatte. Herrje, ein heulender Wolf hatte mir gerade noch gefehlt.

„Was ist passiert, Yogi, warum weinst du?“, fragte ich vorsichtig, als ich nahe genug bei ihm war. Aus der Nähe sah er übrigens gar nicht mehr Furcht einflößend aus.

Er schaute mich an und war gar nicht erstaunt über mein Erscheinen. „Mir wurde ein Schlüssel geklaut“, sagte er, „der sehr wichtig ist. Ich sollte auf ihn aufpassen, doch leider bin ich von einem kleinen Wesen reingelegt worden. Erst war die Kleine ganz lieb und spielte wie ein ganz normales kleines Kind. Wir hatten richtig Spaß zusammen, doch dann zeigte ich ihr den Schlüssel und sagte ihr, wie wichtig der sei. Da veränderte sich das Verhalten des Kindes schlagartig. Es war, als ob sie von irgendeiner inneren Macht dazu gezwungen wurde. Plötzlich war sie richtig böse und drohte, uns alle auszulöschen, wenn ich ihr den Schlüssel nicht aushändigen würde. Mir blieb also nichts anders übrig, als den Schlüssel abzugeben.“

Yogi machte eine Pause. „Ach ja, das Kind sah aus wie eine Mischung aus Katze und Teufel. Und als der da oben mitbekam, was dieses Kind mit mir angestellt hatte, wurde er richtig böse. Denn eigentlich hätte das Kind ja vor mir, dem bösen Wolf, Angst haben müssen.“

„Darf ich fragen, wen du mit *der da oben* meinst?“, fragte ich.

„Das kann ich dir nicht sagen. Wir dürfen diesen Namen nicht aussprechen. Aber eines kann ich sagen. Wir wurden alle von ihm bestraft und müssen immerzu heulen. Ich, weil ich den Schlüssel abgegeben habe, und die Heulsusen, weil sie diesem teuflischen

Kind den Weg zu mir gezeigt haben." Yogi fing wieder an zu heulen wie ein Wasserfall. „Wir werden erst von dem Fluch befreit, wenn es jemandem gelingt, mich zum Lachen zu bekommen. Aber es waren schon viele da ..."

Paul, Milli, Pu und ich versuchten tagelang alles, um den Wolf zum Lachen zu bringen, aber nichts half. Als wir schon aufgeben wollten, kam mir eine Idee. Wir mussten zu härteren Mitteln greifen, Witze und Späße alleine halfen wohl nicht. Doch für meinen Plan brauchte ich Pauls Hilfe.

Paul schaute mich ganz entsetzt an, als ich ihm berichtete. „Was hast du mit mir vor, Zaubermaus?" Doch ich sagte weiter nichts, griff mir Paul und knöpfte ihn mir vor. Nach rund zwei Stunden war ich fertig mit ihm ... und nicht einmal seine Mutter hätte ihn nunmehr erkannt.

Paul war über seine Verwandlung ziemlich sauer, aber es half nichts. Wir mussten auch diese Aufgabe, die man uns gestellt hatte, lösen. Dass er sauer war, konnte ich sogar verstehen, denn er sah tatsächlich sehr komisch aus. Paul hatte kein Fell mehr, stattdessen war er zartrosa und mit grünen Punkten und Streifen von mir versehen worden. Er sah also alles andere als hübsch aus. Paul wehrte sich mit Händen und Füßen, so wollte er nicht vor dem Wolf erscheinen, doch ihm blieb nichts anderes übrig – ich schubste ihn einfach vor Yogi und wartete dann ab, was passieren würde.

Zuerst geschah lange Zeit gar nichts. Plötzlich aber sprang Yogi auf, schaute sich Paul an, beschnupperte ihn und leckte ihm einmal quer durchs Gesicht. Dann hielt er inne ... und fing an zu lachen. So laut, dass es sicherlich jedermann auch im Heulsusenland hören konnte.

„So was Ekliges hab ich noch nie gesehen, hahaha", rief er immer wieder. „Nein, ist der komisch, hahaha."

Dass sich Paul schämte, war mir klar. Aber es war die einzige Möglichkeit gewesen, unser Ziel zu erreichen. Schließlich mussten wir den Katzenhimmel retten. Das war eine so wichtige und große Aufgabe, dass wir auf einzelne Befindlichkeiten keine Rücksicht nehmen konnten. Ich wusste zwar noch immer nicht genau, wie schlimm es tatsächlich um den Katzenhimmel stand, aber schon alleine die Tatsache, dass mich der Katzengott höchstpersönlich in die Sache eingeweiht hatte, machte deutlich, dass es sehr wichtig sein musste.

Kaum hatte sich Yogi wieder beruhigt, wurden Paul, Milli, Pu und ich von mehreren Wölfen umzingelt. War das der Dank dafür, dass wir die Heulsusen und den flennenden Wolf gerettet hatten?

Ich drehte mich zu Yogi um und fragte ihn, was das solle?

„Ihr denkt wohl, ich lass euch so einfach davonziehen, Zaubermaus, hä? Ich weiß doch längst, dass dieses teuflische Kind zu euch gehörte. Brummi! Rückt also den Schlüssel raus, den sie mir geklaut hat. Oder habt ihr sogar noch mehr Schlüssel? Dann gebt auch diese an mich raus!"

Ich ging darauf nicht weiter ein. „Ist das der Dank dafür, dass wir dich vom Fluch befreit haben? Schau dir den armen Paul an, er hat sich quasi geopfert, um dich zum Lachen zu bringen."

Ich schaute Yogi lange schweigend an und setzte dann alles auf eine Karte: „Wir haben den Auftrag, den Katzenhimmel zu beschützen. Und ja, wir haben vier goldene Schlüssel. Wenn Brummi deinen Schlüssel mitgenommen hat, dann hätten wir theoretisch jetzt sogar fünf Schlüssel. Doch Brummi ist nicht bei uns und wir vermissen sie schon seit sehr langer Zeit. Wir benötigen aber insgesamt sechs Schlüssel, um das Katzenreich zu retten. Was diese Schlüssel können, weiß ich nicht. Ich weiß nur, dass ohne sie das Reich des Katzengottes untergehen wird. Uns fehlen jetzt noch zwei Schlüssel und Brummi, dann können wir die böse Macht, die uns schon seit Beginn unserer Reise verfolgt und immer stärker wird, besiegen. Vielleicht bilde ich es mir auch nur ein – aber ich spüre dieses Böse fast körperlich. Yogi, bitte glaub mir, wir sind alle in Gefahr. Es gibt eine Macht, die so stark ist, dass es für uns alle gefährlich werden könnte. Wir müssen zusammenhalten."

Doch Yogi wollte mir nicht glauben.

„Ich bin schon mal reingelegt worden, ein zweites Mal wird mir das nicht passieren. Betracht euch daher als meine Gäste für die nächste Zeit."

„Du meinst wohl eher Gefangene", schrie ich ihm ins Gesicht.

12

Tagelang zerbrach ich mir den Kopf, wie wir aus dieser Situation wieder rauskommen könnten. Da bemerkte ich eines Morgens, wie all die Wölfe die Flucht ergriffen – sogar Yogi rannte wie vom Blitz getroffen weg. Die Erklärung für dieses Verhalten erhielt ich, als ich mich umdrehte. Oh mein Gott, vor mit stand ein Wesen, das einem Teufel, so wie man ihn sich auf der Erde vorstellte, schon recht nahe kam. Es schnaufte und aus seinem Maul entwichen Flammen. Es hatte zudem einen langen, spitzen Schwanz und natürlich Hörner. Es wunderte mich nur, dass dieser Teufel Engelsflügel auf dem Rücken trug. Ich rief Paul an meine Seite, doch als er nicht kam, ging mir ein Licht auf. „Bist du das, Paul?“

Das teuflische Wesen nickte und sagte mit rauer Stimme: „Ja, Zaubermaus, ich hab meine Strafe abgebüßt und meine alte Gestalt zurückerhalten. Ich muss nun nicht mehr als Maus durch die Welt laufen. Aber unsere Aufgabe ist noch lange nicht beendet. Der Katzenhimmel ist noch immer in Gefahr und natürlich müssen wir Brummi finden. Uns fehlen zudem noch zwei Schlüssel, Zaubermaus!“

Das war nun ein ganz anderer Paul als der, den ich bislang kennengelernt hatte. Und ich sah aus dem Augenwinkel, wie glücklich Milli und Pu darüber waren.

„Kommt, hüpft alle auf meinen Rücken, wir müssen schnell fort. Ich glaube nämlich nicht, dass wir hier lange allein sein werden!“

Wir hüpften auf Pauls Rücken und hoben sogleich ab. Paul flog schnell und es wurde heller und heller um uns herum. Doch natürlich fragte ich mich auch, wohin Paul nun wollte. Wollte er zurück in die Teufelshöhle? Ich fragte ihn: „Wo geht es denn nun hin?“

Doch Paul schwieg. So musste ich ein wenig Geduld haben, wobei Geduld ja nicht unbedingt zu meinen Stärken gehörte. Es kam mir daher auch wie eine Ewigkeit vor, bis wir endlich wieder Boden unter den Füßen hatten.

Kaum waren wir gelandet, rief Paul: „Schaut mal, wo wir sind!"

Ich schaute mich um, verstand aber nicht.

„Zaubermaus, das hier ist mein ganz kleiner Katzenhimmel im ach so großen Katzenhimmel, in dem es zurzeit für mich, Milli und die Kinder ja keinen Platz gibt. Die Gefahr ist für uns noch lange nicht vorbei, die schwarze Macht wird stärker und stärker. Leider weiß ich einfach nicht, wie wir sie aufhalten können. Außerdem fehlen noch zwei Schlüssel. Wir haben inzwischen vier von sechs Schlüsseln. Und den, den Brummi dem Wolf entrissen hat. Aber Brummi ist seit einiger Zeit verschwunden, wir wissen, seit sie als schwarze Wolke bei uns aufgetaucht ist, nicht, wo sie ist. Sie muss den Schlüssel haben. Das meint auch Pu."

Ich stimmte ihm zu, wusste aber weiter auch nichts zu sagen, denn ich war nach all diesen Abenteuern fürchterlich erschöpft.

Nachdem wir uns zwei Tage lang in Pauls kleinem Katzenhimmel ausgeruht hatten, beschlossen wir, uns nun zunächst auf die Suche nach Brummi zu konzentrieren. Da Paul nun von seinem Bann befreit und der Größte von uns war, zudem hervorragend fliegen konnte, sprangen wir alle auf seinen Rücken.

Wir flogen an Bergen vorbei, die so hoch waren, dass wir Mühe hatten, darüber zu kommen. Dann wurde es dunkel und Wolken zogen auf. Es blitzte und donnerte und für Paul und uns wurde es zu gefährlich, weiterzufliegen, also landeten wir.

Paul war sehr erschöpft und schlief gleich ein, er hatte sich die Pause aber auch redlich verdient. Wieder einmal wussten wir nicht, wo wir waren, doch die Landschaft war schön, überall sah mal kleine Hügel und Bäume. In der Ferne konnte ich einige Hasen ausmachen, und als einer von ihnen ganz nah an uns herankam, grüßte er und sagte: „Seid willkommen im Land der Hasen!" Da trauten sich auch die anderen zu uns.

Milli erwidert den Gruß und fragte gleich nach seinem Namen. Er stellte sich als Toni der Erste vor und sagte: „Wir alle haben denselben Namen wie ich. Es gibt Toni den Zweiten, Toni den Dritten und so weiter." Er drehte sich um und auf seinem Rücken stand eine große Eins. Also würden wir kein Problem haben, ihn und seine Freunde auseinanderzuhalten. „Dann gibt es noch einen Toni den Allerersten", erläuterte Toni der Erste, doch weiter kam er nicht, denn es ertönte ein unheimliches Grollen. „Das ist er ..."

Toni und seine Hasenfreunde machten sich schnell aus dem Staub, man konnte den Eindruck gewinnen, sie hätten Angst vor Toni dem Allerersten.

Und dann sahen wir ihn auch schon. Er war kein normaler Hase, sondern mindestens doppelt so groß wie die anderen, die gerade noch bei uns gewesen waren.

Gerne wäre ich jetzt mit den Hasen geflohen, doch Paul war noch nicht startklar. Wir hätten um Hilfe rufen können, aber wer hätte uns helfen können? Doch dann erweckte der große Hase meine Aufmerksamkeit, denn er trug einen goldenen Schlüssel um den Hals. Das konnte Glück oder Pech für uns bedeuten. Natürlich stellte ich mir sogleich die Frage, wie wir an diesen Schlüssel kommen könnten.

13

Im ersten Augenblick wussten wir alle nicht, was wir sagen sollten, so einen riesigen Hasen hatten wir wirklich noch nie gesehen. Doch irgendwie mussten wir mit ihm ins Gespräch kommen, denn er trug ja den noch fehlenden Schlüssel um den Hals. Den wir wiederum gerne gehabt hätten.

Auch Toni der Allererste schaute uns eine Weile nur mit seinen großen Augen an, ohne etwas zu sagen. Dann beschnupperte er uns, was nicht sehr angenehm war. Irgendwann fragte er uns, was wir denn hier im Land des Hasen suchen würden und das Fremde und Eindringlinge hier nicht gerne gesehen würde.

Ich berichtete ihm, dass wir im Land der Hasen nur eine kurze Rast einlegen wollten, weil Paul vom langen Fliegen müde geworden sei. Und auch Milli und Pu eine Pause vertragen konnten, da wir ja auf der Suche nach Brummi seien.

Nun ja, ich glaube, ich hätte den Namen Brummi nicht erwähnen sollen, denn Toni der Allererste wurde auf einmal sehr ungehalten. Dann sah er Milli böse an. „So so, Brummi ist also deine Tochter, Milli?"

Milli nickt. „Ja, so ist es. Und Paul ist der Vater."

Der Hase konnte es nicht fassen „Du willst mir also sagen, dass dieses unerzogene Gör eures ist? Ihr könnt von Glück sagen, dass ich sie nach ihrem Besuch hier habe laufen lassen, dieses schreckliche Kind, das halb Engel und halb Teufel und sehr bösartig ist."

Milli war entsetzt und musste weinen. Toni der Allererste überlegte kurz. „Nun ja, schon gut. Ihr habt sicher Hunger. Seid also meine Gäste für heute und folgt mir in mein Reich." Der Hase hoppelte vor uns her und wir folgten ihm brav.

Als wir an unserem Ziel ankamen, traute ich meinen Augen nicht. Eine ganze Armee bewaffneter Hasen wartete anscheinend auf ihren Einsatz.

Erst nach einer Weile traute ich mich, zu fragen: „Warum seid ihr denn so bewaffnet?

Toni der Allererste überlegte einen Moment, dann antwortete er: „Es gibt eine unsagbar große Macht, die unglaublich böse ist und von Tag zu Tag stärker wird. Wir rüsten uns für den Kampf gegen das Böse, es hat schon zu viel Unheil über uns gebracht. Wir leben schon seit Langem in ständiger Angst. Aber ich weiß, dass es Helden geben soll, die uns alle retten können. Doch bisher weiß keiner, wer sie sind."

Ich sagte daraufhin nichts, denn er sollte nicht wissen, dass wir es waren, die in dieser Mission unterwegs waren. Es hatte sich im ganzen Reich also bereits herumgesprochen, dass der Katzenhimmel mit seinen vielen kleinen Ländern in großer Gefahr war. Es war nun tatsächlich nicht mehr zu leugnen. Auch hier, im Land der Hasen, hatten sich alle zum Kämpfen gerüstet.

Wie zur Bestätigung wurde auch jetzt wieder der Himmel schwarz und Blitze entfuhren durch die Wolken. Ich schaute Paul und Milli an. Sollten wir nun es Toni dem Allerersten sagen? Oder doch lieber warten?

Doch bevor ich überhaupt noch weiter nachdenken konnte, griff die dunkle Macht ohne jedwede Vorwarnung an. Ein dunkler Nebel legte sich über die bewaffneten Hasen und ich sah, wie nun ein tapferer Hase nach dem anderen einfach so vom Erdboden verschwand, bis nur noch eine Handvoll da war. Offensichtlich hatte das Böse erreicht, was sie erreichen wollte, denn schon bald darauf waren weder der Nebel noch die dunkle Wolke mehr zu sehen. War dies nur eine Warnung oder tatsächlich der erste Angriff gewesen. Mussten wir damit rechnen, schon sehr bald in die Schlacht ziehen zu müssen?

Toni der Allererste war vollkommen verzweifelt und trauerte um all seine Hasenfreunde, die so tapfer gewesen und jetzt einfach verschwunden waren. Fast alle waren fort. Und wir hatten immer noch nicht gesehen, wie das Böse wirklich aussah oder agierte. Doch eines wusste ich zu diesem Zeitpunkt bereits genau: Wir mussten dem Oberhasen die Wahrheit sagen. Also gestand ich ihm, dass wir – Zaubermaus, Milli, Pu und Paul und eigentlich auch Brummi – die Retter seien, auf die sie alle warten würden. Dann erzählte ich ihm von den sechs Schlüsseln und, dass wir bereits im Besitz von vier Schlüsseln wären plus einem fünften, den wohl Brummi bei sich trug. „Du hast den sechsten Schlüssel, den brauchen wir", schloss ich meine Rede.

Der Hasenboss schaute uns ungläubig an, fast so, als wollten wir ihn veräppeln. Was natürlich nicht der Fall war. „Ihr wollt also meinen Schlüssel haben? Und dann verschwinden? Was wäre denn, wenn ich euch den Schlüssel nicht geben würde? Dann würdet ihr ihn mir sicherlich gewaltsam wegnehmen, oder, Zaubermaus?"

Nun wusste Toni der Allererste, wer wir waren und was wir von ihm wollten. Ob er uns den letzten goldenen Schlüssel freiwillig geben würde, nach dem, was er da gerade gesagt hatte? Wir wussten es nicht.

Toni der Allererste schaute uns lange mit traurigen Hasenaugen an, beugte sich dann zu uns und sagte: „Nun, ich vertraue euch. Ihr bekommt den Schlüssel aber nur, wenn ihr mir jetzt versprecht, dass ihr den Katzenhimmel und alles, was dazugehört, rettet."

Ich schaute meinem Gegenüber tief in die Augen. „Wir werden alles tun, um euch zu retten, das versprechen wir dir." Dann gaben wir uns die Hand und der Hase uns den Schlüssel.

Wer hätte das gedacht, dass es so einfach werden würde? Nun hatten wir bereits fast alle Schlüssel, es fehlte also nur noch einer – der von Brummi. Als ich mich noch einmal bei Toni dem Allerersten bedankte, gleißte plötzlich ein helles Licht auf. Wir alle mussten unsere Augen schützen und fragten uns, was denn das wohl schon wieder war. Waren wir erneut in Gefahr?

Doch dann kam eine weiße Wolke auf uns zu. Auch in ihr blitze es unablässig und ich hatte ein ganz mulmiges Gefühl und wusste gar nicht so recht, was wir tun sollten. Doch dann geschah etwas, womit wir alle nicht gerechnet hatten: Ein sehr alter Mann mit grauen Haaren kam aus der weißen Wolke. Er trug einen mächtigen Stab in der rechten Hand, auf dem oben eine Silberkugel steckte, und begrüßte uns zugleich mit unsere Namen.

Ich war erstaunt darüber und fragte zurück: „Da du ja weißt, wer wir sind, würden wir gerne auch wissen, wer du bist und was dich zu uns verschlagen hat?“

„Ihr könnt mich Don, den Grauen, nennen, aber Don reicht auch. Ich bin vom Katzengott beauftragt worden, euch ein wenig zu begleiten, denn ihr braucht Unterstützung. Brummi hat den letzten Schlüssel, den ihr braucht, doch mit ihr ist zurzeit nicht gut Kirschen essen, habe ich gehört.“

Milli fiel ihm ins Wort. „Du hast mein Kind gesehen?“

„Ja, das habe ich“, antwortete Don, „aber Brummi hat sich sehr verändert. Die böse Macht scheint Besitz von ihr ergriffen zu haben.“

„Wo ist sie?“, wollte Milli wissen.

„Ich weiß es nicht genau, aber sie wird ganz in der Nähe sein, ich spüre die böse Macht. Wir müssen uns beeilen. Und weiterziehen.“

Und so brachen wir mit fünf goldenen Schlüsseln im Gepäck auf der Stelle auf.

14

Toni der Allererste schloss sich uns an, sodass wir nun zu sechst unterwegs waren, denn auch Don begleitete uns. Wir waren weiterhin auf der Suche nach Brummi ... und damit auf der Suche nach dem sechsten und letzten Schlüssel. Don, der Graue, schien den Weg zu kennen, den wir einschlagen sollten, also folgten wir ihm.

Wir waren lange unterwegs und kamen irgendwann an einer Felsenschlucht an, über die eine lange Hängebrücke führte. Die Schlucht war so tief, dass man sich kaum traute, in die Tiefe zu schauen. Wer hier runterfiel, den würde man nie wiedersehen.

Don ging zuerst rüber. Zuvor sagte er zu uns: „Habt keine Angst, aber seht vor allem nicht nach unten."

Das war leichter gesagt als getan.

Als Paul die Brücke betrat, der im Gegensatz zu uns anderen ja recht groß und stabil war, geriet die Hängebrücke mächtig ins Schwanken. Toni der Allererste, den wir alle jetzt nur noch Toni nannten, Milli und Pu folgten.

Ich lief zuletzt los. Als ich aber in der Mitte der schwankenden Brücke war, hörte ich ein lautes Knacken und ahnte zugleich nichts Gutes. Voller Verzweiflung rief ich: „Don, hier stimmt was nicht." Ich hatte den Satz kaum ausgesprochen, da löste sich langsam eine Halterung der Hängebrücke. Ich brach in Panik aus und rief noch einmal um Hilfe.

Endlich drehte sich Milli um. Sie wollte mir gleich zu Hilfe eilen, aber ich rief: „Nein, nicht die Brücke betreten, lass das!" Denn ich hatte es bereits ein zweites Mal knacken hören.

Milli war verzweifelt und wandte sich an Don, der sich sofort zu mir umdrehte. „Zaubermaus, du hast etwas, das du nutzen kannst, um dich zu retten, also nutze es JETZT."

Ich verstand rein gar nichts und hätte den sicheren Tod vor

Augen gehabt, wenn ich nicht sowieso schon tot gewesen wäre. Doch was sollte ich nutzen? Was meinte Don? Den magischen Ring? Die goldenen Schlüssel?

Plötzlich gestikulierte Milli wild und zeigte auf ihre Engelsflügel. Mensch, wie konnte ich das nur vergessen! Ich hatte nach dem Treffen mit dem Katzengott ja auch so tolle Flügel erhalten, auch wenn ich sie bislang eigentlich noch nie wirklich gebraucht hatte. Doch jetzt war der Zeitpunkt gekommen.

Ich versuchte, sie zu schlagen, aber irgendwie ging es nicht.

Don rief mir zu: „Zaubermaus, denk an irgendetwas Schönes!"

Auch das war leichter gesagt als getan. Aber ich konzentrierte mich, dachte an etwas wirklich Schönes und versuchte gleich noch einmal, meine Flügel in Schwung zu setzen.

Und es funktionierte, ich hob ab und flog das erste Mal in meinem Leben aus eigener Kraft. Und das nicht eine Sekunde zu früh, denn genau in dem Moment, in dem ich abhob, riss die Verankerung der Hängebrücke komplett ... und die Brücke stürzte in die Tiefe. Da hatte ich noch mal richtig Glück gehabt!

Die anderen begrüßten mich wohlbehalten auf der anderen Seite der Schlucht und Don sagte: „Du wirst noch oft in solche Lagen kommen, in denen du keinen Ausweg siehst. Dann besinne dich auf dich selbst, denn nur alleine durch deine Energien wirst du es schaffen, dich zu retten. Nun aber sind wir gemeinsam stark genug, das Böse zu vertreiben und den Frieden im Katzenreich wieder herzustellen. Lasst uns hier nur kurz rasten und nicht zu lange verbleiben, wir haben noch einen langen Weg vor uns."

Nach einer kurzen Pause zogen wir gemeinsam weiter und kamen bald in ein sehr außergewöhnliches Dorf. Anscheinend war dort alles versammelt, was vier Beine hatte: Hunde, Katzen, Mäuse, Ratten, Elefanten, Schweine, Affen und viele andere Tiere auch. Mir stockte der Atem, so viele verschiedene Tiere friedlich zusammen auf einen Haufen hatte ich noch nie gesehen. Don erzählte uns dann, dass dies seine Armee sei, die gegen das Böse antreten und versuchen würde, den Katzenhimmel zu befreien. „Doch wir müssen schnell den sechsten Schlüssel finden, aber vor allen Dingen Brummi, denn sie trägt diesen Schlüssel bei sich“, sagte er schließlich. „Und wir wissen alle, dass sie sehr gefährlich ist. Nur die Liebe von Milli kann Brummi retten, denn sie ist ihre Mutter. Noch wissen wir nicht, wer oder was die böse Macht ist. Ich habe gehört, dass selbst der Teufel nichts Genaues weiß, er könnte aber trotzdem etwas mit der bösen Macht zu tun haben.“

All das hatte Don nur zu uns gesagt, nun aber stellte er sich oben auf den großen Felsen und hielt vor den Versammelten eine Rede. Um uns herum war es still geworden und jeder lauschte den Worten Dons und wagte nicht, auch nur ein Wort von sich zu geben. Die Rede war sehr ergreifend. Er machte allen Mut, verschwieg aber auch nichts von den Gefahren, die auf alle lauern konnten, und versprach schließlich, dass alles wieder gut werden würde. „Zieht mit uns mutig in den Kampf, es soll nicht zu eurem Schaden sein. Eure Führer werden euch heute noch in das Land von König Omar führen, meinem alten Freund. Sie kennen den Weg, dort treffen wir uns wieder, wenn die Zeit für den Kampf bereit ist.“ Dann zeigte er auf mich und meine Freunde. „Wir werden es gemeinsam schaffen und diese Helden hier werden uns helfen, das Böse zu besiegen.“

Paul flüsterte mir ins Ohr: „Oje, was verspricht er da nur. Ich bin der Sohn des Teufels und habe Kinder mit der Tochter des mächtigen Katzengottes. Mal sehen, ob es auch dafür eine Lösung geben wird.“

Dann sah mich Paul lange an. „Zaubermaus“, sagte er nach einer Weile, „ich muss dir etwas gestehen. Und unterbrich mich bitte nicht. Du bist nicht umsonst hier oben im Katzenhimmel. Du wurdest vom Katzengott auserwählt und dein Erdentod damals war geplant. Vom Katzengott persönlich.“

Er stutzte. „Nun ja, nicht alles war geplant. Dass ich mich in seine Tochter verliebe, zum Beispiel nicht. Und du solltest noch eines wissen: Der Teufel und der Katzengott haben einst einen

Pack geschlossen. Sollte jemals das Land des anderen, du weißt schon Himmel und Hölle, in Gefahr kommen oder etwas anderes Außergewöhnliches passieren, dann würden sie sich gegenseitig helfen. Aber sie mussten einen Helfer finden, der stark genug war, die Angelegenheit zu regeln und beide Kräfte zu bündeln. Und das warst eben du. Du warst auf der Erde die einzige Katze, die stark genug war, die Abenteuer hier zu überstehen. Wir alle haben lange nach einer Katze, wie du eine bist, gesucht. Denn die Macht des Bösen bedroht uns alle schon lange."

Ich konnte kaum glauben, was Paul da losgelassen hat und sagte nur: „Darüber muss ich erst nachdenken."

Derweil hatte Don seine Rede beendet und viele Fragen beantwortet, als wir wieder einmal ein Beben der Erde bemerkten, das so schrecklich war, wie keines davor.

Plötzlich tat sich die Erde auf und ein riesiger Spalt entstand. Gott sei Dank kam keiner der Anwesenden dabei zu Schaden, weil sie sich alle rechtzeitig in Sicherheit hatten bringen können. Kaum hatte sich der Spalt geöffnet, stieg schwarzer Rauch aus ihm auf, der fürchterlich stank. Je größer der Spalt wurde, desto mehr Rauch quoll daraus hervor. Dann bebte die Erde noch einmal besonders heftig – und aus dem Spalt kam ein Monster heraus, das doppelt so lange Hörner hatte wie der Teufel selbst, seinen Schwanz zierten Stacheln und seine Augen glühten. Wir fürchteten uns sehr und hatten kaum noch Hoffnung, hier lebend rauszukommen.

Doch dann ging Don einfach auf das riesige Monster zu, hielt seinen Stab mit der Silberkugel hoch und rief: „Du wirst diesen Wesen hier nichts tun!" Zur Bekräftigung stampfte er seinen Stab dreimal auf den Boden auf. Helles weißes Licht trat aus der Silberkugel aus und dann war Don wieder zu hören: „Du wirst kein Unheil über uns bringen, nicht, solange ich leb..."

In diesem Moment ergriff das Monster Don und verschwand mit ihm in der Spalte, die sich daraufhin gleich wieder verschloss. Der Boden hatte Don verschluckt.

Keiner von uns brachte nur noch ein Wort heraus. Nun lag es an uns allen alleine, das Böse zu jagen und es für immer zu vernichten.

Die versammelten Tiere, die zuvor noch Dons glühender Rede gefolgt waren, schauten uns verzweifelt an. Ich, Zaubermaus, ging mit meinen verbliebenen Freunden auf sie zu. Ich sagte: „Wir lassen euch nicht im Stich. Wir werden alles tun, um den Himmel und all das, was dazugehört, zu retten. Doch wir müssen euch nun erst einmal verlassen, weil uns zur Rettung des Katzenhimmels noch ein Schlüssel fehlt. Lebt wohl! Ihr wisst, was ihr nun zu tun habt, Don hat es zu euch gesagt. Geht alle in das Königreich von König Omar!"

15

Wir reisten weiter, dieses Mal auf Pauls Rücken, und kamen schließlich an einen Ort, wo um uns herum viele heiße Quellen sprudelten. Man musste wirklich aufpassen, sich nicht zu verbrennen.

Als wir einen kleinen Trampelpfad fanden, folgten wir ihm. Das war immerhin ein Zeichen, das wir hier nicht alleine waren. Doch wir mussten auf der Hut sein, man konnte ja nie wie wissen, was auf uns zukommen würde – wir hatten ja nun wirklich schon genug ungewöhnliche Dinge erlebt.

Und natürlich sollten wir recht behalten. Plötzlich stand ein Wesen aus Wasserdampf vor uns. Paul stellte sich schützend vor Milli und Pu – nun war er offensichtlich mutig geworden und kein Angsthase mehr wie zu Beginn unserer Reise.

Das Wesen aus Wasserdampf änderte am laufenden Band seine Form. Mal sah es aus wie ein Stein, dann wieder wie ein Baum und zu guter Letzt wie eine Elfe. Und diese rief uns nun zu: „Halt, keinen Schritt weiter, sonst wirst du meinen heißen Atem zu spüren bekommen. Ich bin Rosina, die Herrscherin der heißen Quellen, und hoffe, ihr kommt in friedlicher Absicht. Denn vor Kurzem gab es hier bei mir bereits einen Kampf zwischen einem teufelsähnlichen Monster und einem alten Mann, das war kein schöner Anblick."

Paul unterbrach die Elfe: „Wie ist der Kampf ausgegangen?"

„Das weiß ich nicht", sagte die Elfe, „beide stürzten in die heißen Quellen, aber ob sie dabei ums Leben kamen, weiß ich nicht. Ich habe sie seitdem nicht mehr gesehen."

Nun ergriff Milli das Wort. „Hast du vielleicht zufällig auch meine Brummi gesehen? Eine Katze mit Hörnern?"

„Oh ja", lachte die Elfe garstig, „Sie hat hier nur Unheil gestiftet. Die Hälfte meiner Gehilfen ist geflüchtet, weil sie so böse war. ... Und nun seid ihr hier, was wollt ihr also in meinem Reich und von mir?"

„Wir suchen Brummi. Sag uns bitte, wohin sie wollte, es hängt so viel davon ab, dass wir sie finden."

Doch Rosina konnte uns nicht helfen und bat uns, das Land der heißen Quellen sofort wieder zu verlassen.

Milli wollte all das, was man über ihre Tochter sagte, jedoch nicht wahrhaben oder gar glauben, dass sich ihr süßes Kind so verändert haben sollte. Immer wieder redete sie auf Rosina ein, doch die schwieg beharrlich.

Weil wir hier nicht weiterkamen oder gar neue Informationen erhielten, setzten wir unsere Reise abermals fort. So kurz waren wir noch in keinem Land des Katzenhimmels geblieben.

Als es dunkelte, flog Paul im Sturzflug Richtung Boden, fast so, als hätte er von oben etwas gesehen. Wir mussten höllisch aufpassen, dass wir nicht von seinem Rücken runterrutschten. Als wir sahen, wo Paul landen wollte, wurden wir kreidebleich, aber ändern konnten wir es nicht. Dann landeten wir – punktgenau – auf einem Floß, das in einem Fluss schwamm. Wir konnten von Glück sagen, dass wir nicht gleich absoffen, denn das Floß war ziemlich klein.

Unsere Freude über den glücklichen Ausgang dieser Landung sollte nicht lange währen. Denn plötzlich erhob sich eine Gestalt aus dem Wasser. Ich traute meinen Augen nicht, es war tatsächlich Brummi, und zwar in ihrer alten Gestalt. Sie steuerte geradewegs auf unser Floß zu und sah nicht gerade freundlich aus. Ihre Augen glühten vor Hass.

Ich flüsterte Milli zu: „Dein Kind scheint noch immer noch außer Kontrolle zu sein."

„Ja, Zaubermaus", sagte Milli verzweifelt, „das sehe ich auch. Was tun wir nur jetzt, da wir sie gefunden haben?"

Inzwischen war Brummi bereits sehr nah bei uns und ich fragte mich immer wieder, wie wir sie vom Bösen abbringen konnten, denn dass sie davon noch befallen war, sah man deutlich an ihren

Augen. Aber jetzt, da wir sie gefunden hatten, konnten wir sie nicht mehr entkommen lassen, immerhin hatte sie den sechsten Schlüssel, den wir für unsere Rettung brauchten.

Ich rief: „Haltet euch bitte jetzt gut fest, ich hole Brummi und bändige sie.“

Dann ging alles ganz schnell: Ich packte Brummi, die davon vollkommen überrascht war, zog sie auf das Floß, was nicht sehr schwer war, und dann, ja dann drehte ich den magischen Ring, den ich noch immer bei mir trug.

Ich hatte mich beim Drehen wohl auf nichts Schönes konzentriert, denn das Portal, durch das wir traten, bescherte uns eine böse Überraschung: Wir alle flogen in hohem Bogen in eine tiefe Schlammpfütze und sahen danach wie Schweine aus.

Milli war deshalb sehr böse auf mich, aber was hätte ich sonst tun sollen? Ich hatte keinerlei Einfluss darauf gehabt. Und eigentlich war ich nur froh darüber, dass ich all meine Freunde mit in das neue Land hatte retten können. Pu und Paul, Milli und Toni, sie standen alle unversehrt neben mir.

Und auch Brummi hatte die Reise in das neu Land überstanden. Doch dann sahen wir, was aus Brummi geworden war. Sie saß versteinert neben uns, und zwar im wahrsten Sinne des Wortes.

Sie regte keine Miene mehr und war steif wie ein Brett. Ich versuchte, in ihr den letzten goldenen Schlüssel, den sie um den Hals trug, vorsichtig abzunehmen, doch auch der war wie versteinert. Keine Chance, ihn von Brummi zu bekommen.

Nun waren wir der Lösung der Rettung des Katzenhimmels schon so nah ... und dann das. Wie ärgerlich. Irgendetwas musste schiefgegangen sein, als ich den magischen Ring gedreht hatte. Nur was?

Mir blieb nicht lange Zeit, darüber nachzugrübeln, denn plötzlich stand ein schneeweißes Wesen vor uns. Und bei genauerem Hinsehen sah ich, dass es Don war, der jetzt nicht mehr grau, sondern weiß war. Selbst sein Stab trug nun nicht mehr eine silberne, sondern eine weiße Kugel.

„Wie ich sehe, habt ihr nun auch Brummi gefunden“, sagte er mit Blick auf die versteinerte Teufelskatze. Und weil er Pauls und Millis verzweifelte Gesichter sah, ergänzte er: „Sie ist nicht tot, sondern nur mit einem Fluch belegt. So versucht die böse Macht, den letzten euch noch fehlenden Schlüssel zu beschützen. Aber keine Angst, Brummi geht es gut in ihrem steinernen Kokon. Und auf unserer weiteren Reise werdet ihr auch diesen Fluch besiegen und den sechsten Schlüssel in Besitz nehmen können, das verspreche ich euch.“

Dann berichtete er lang und ausführlich, wie er seine Kämpfe mit dem Bösen überstanden hatte und sogar den heißen Quellen entkommen war. Und warum er plötzlich nicht mehr grau, sondern weiß war.

„Ich habe die nächsthöhere Stufe meines Daseins hier im Katzenhimmel durch meine kleinen Siege über das Böse erreicht. Und jetzt machen wir uns alle gemeinsam auf den Weg ins Reich der Toten.“

Mir wurde ganz mulmig im Bauch, ich war doch schon tot. Ich hatte eigentlich immer gedacht, der Katzenhimmel sei das Land der Toten. Wenn ich mich da mal nicht getäuscht hatte. Don klärte uns dann aber auf und erzählte, dass im Land der Toten nur diejenigen leben würden, deren Seelen keine Ruhe finden könnten. Sie würden erst die ewige Ruhe finden, wenn sie ihre Schandtaten und ihre Feigheit von früher gutgemacht hätten. Dann könnten auch sie friedlich im Katzenhimmel leben.

16

So machten wir uns wieder einmal auf den Weg, unsere Gruppe war nun noch ein wenig größer geworden. Neben Milli, mir, Paul, Pu, der versteinerten Brummi, waren ja auch wieder Don und immer noch Toni an Bord.

Bald kamen wir an einen großen Holztor an, das in einem Felsen verankert war. Das war sicherlich der Zugang zum Reich der Toten. Don schwang kurz seinen Stab mit der weißen Kugel und raunte eine Zauberformel, die ich aber leider nicht verstehen konnte. Dann öffnete sich das Tor und wir konnten eintreten.

Oh mein Gott, war das kalt hier. Und unheimlich, man konnte den Tod förmlich spüren, aber wir sahen weit und breit nichts und niemanden. Nur ein leichter weißer Nebel umschloss uns. Dieser wurde dichter und dichter und plötzlich stiegen sehr viele bewaffnete Skelette aus ihm heraus und umzingelten uns.

Don rief laut: „Herrscher der toten Seelen, erscheine mir!"

Und dann war er wirklich da. „Was sucht ihr hier im Land der Verfluchten? Wenn euch euer Leben noch lieb ist, dann verschwindet von hier, so schnell ihr könnt. Das Böse ist auf dem Weg zu uns, ich spüre es bereits eiskalt in meinen Knochen."

„Nein, wir werden nicht fortgehen. Ihr, mein Freund der toten Seelen, wisst genau, was zurzeit los ist. Ihr wisst, dass das Böse die Macht ergreifen will. Deshalb spürst du die Kälte bereits in deinen Knochen. Aber es gibt eine Möglichkeit, dass auch ihr für immer in Frieden leben könnt. Ihr müsst uns helft, wenn die Schlacht der Schlachten stattfindet, und uns mit euren Kriegern zur Seite stehen."

Der Herrscher der toten Seelen schien zu überlegen. Dann sagte er: „Ich muss das erst mit meinen Helfer besprechen, bevor ich hier und jetzt eine Entscheidung treffen kann."

Dann verließ er uns und kam auch erst einen Tag später zurück, was uns wie eine Ewigkeit vorgekommen war. Als er endlich wieder vor uns stand, begleitet von vielen bewaffneten Seelen, die uns wieder umzingelten, warteten wir dennoch gespannt auf seine Antwort.

Es war – im wahrsten Sinne des Wortes – totenstill um uns herum, bis Don die Fragen aller Fragen stellte: „Wie habt ihr euch nun entschieden, Herr der toten Seelen?"

Der blickte einen nach dem anderen an und sagte schließlich: „Wir werden euch helfen, aber wir knüpfen eine Bedingung an unsere Hilfe: Wir wollen nach der alles entscheidenden Schlacht im Kampf gegen das Böse frei sein und wieder dorthin gehen können, wo unser Zuhause ist und unsere Seelen in Frieden ruhen können. Das ist unsere Bedingungen."

Don nickte. „Ihr könnt nach dem Sieg über die böse Macht überall hingehen, wo ihr hingehen wollt. Und eure Seelen werden die ewige Ruhe finden, das verspreche ich euch, so wahr ich Don, der Weise, bin."

Der Herr der toten Seelen entgegnete: „Wenn ihr uns braucht, werden wir da sein und an eurer Seite kämpfen. Aber nun geht und sucht die Lösung, wie ihr Brummi von ihrem Fluch befreien könnt. Es wird nicht einfach werden."

Damit war der Pack zwischen uns und dem Herrn der Toten besiegelt. Wir mussten uns beeilen und verließen auf der Stelle das Land der Toten. Don verriet uns dieses Mal nicht das nächste Ziel, sondern sagte nur: „Ihr müsst nun Vertrauen zu mir haben und mir folgen."

Wir liefen Tag um Tag und Nacht für Nacht. Manchmal flogen wir kurze Stücke, doch die meisten Wege legten wir zu Fuß zurück. Darauf bestand Don. Warum, konnte ich mir nicht erklären, doch manchmal hatte ich das Gefühl, dass er sich hoch in den Lüften nicht besonders gut fühlte.

Don führte uns schließlich über eine hohe Bergkuppe. Von oben sah das Land, auf das wir blickten, wirklich schön aus und wir konnten an diesem Abend einen tollen Sonnenuntergang genießen. Bevor wir den Weg ins Tal antreten würden, machten wir über Nacht Rast auf dem Berg.

Es war hier oben recht kalt und wir hatten Vollmond, sodass wir alle irgendwie nicht gut schlafen konnten.

Am nächsten Morgen sahen wir langsam die Sonne aufgehen – und das entschädigte uns für alles. Nun fiel uns auch der Abstieg nicht schwer. Als wir eine Weile gegangen waren, verlor Milli allerdings das Gleichgewicht und rollte einfach den Berg hinunter. Don und Paul wollten sie noch festhalten, aber schafften es leider nicht, sie zu greifen, sodass sie immer weiter nach unten fiel. Schließlich blieb Milli am Fuße des Berges bewusstlos liegen.

Als wir bei ihr ankamen, rührte sie sich nicht mehr. Ob sie schwer verletzt war?

Paul kniet sich neben Milli und fühlte sogleich ihren Puls, der nur noch ganz schwach zu fühlen war. Wir waren alle sehr still, keiner wusste so recht, was er sagen oder tun sollte.

Und eine Frage stand unausgesprochen vor uns: Wie würde der Katzengott reagieren, wenn seiner einzigen Tochter in unserer Obhut etwas Schlimmes passieren würde? Sein unbändiger Zorn würde uns sicher alle sehr hart treffen.

Unsere Blicke gingen zu Don rüber, doch der schaute uns nur mit sehr traurigen Augen an. „Ich darf mich hier nicht einmischen", sagte er.

Das verstand ich nicht und wollte gerade etwas sagen, da kam Toni, von dem wir ewig kein Wort mehr gehört hatten, ganz nah an Milli heran. Toni schob Paul beiseite und beugte sich über Milli. Was dann geschah, konnte ich kaum glauben und die anderen Anwesenden wohl auch nicht.

Toni öffnete seinen Mund und den Mund von Milli und ein helles Licht floss in Milli hinein, das so grell war, dass wir alle wegschauen mussten.

Nur einen Moment später öffnete Milli wieder die Augen.

Wir alle sprangen überglücklich auf, Pu und Paul natürlich zuerst, und alle bedankten sich bei Toni für sein Wirken.

Toni wurde rot und sagte: „Ihr müsst euch nicht bedanken, ich bin glücklich, dass es Milli nun wieder gut geht. Und ich überhaupt mit euch ziehen darf.“

Milli schaute uns jedoch erstaunt an: „Ihr schaut mich alle an, als ob ich gerade von den Toten aufgestanden wäre.“

Wie sollte sie es auch wissen, was gerade passiert war. Wir waren so froh, dass Milli wieder gesund und munter unter uns war, und gingen weiter.

Unser nächstes Ziel, so hatte Don nun verraten, war das Reich von König Omar.

17

Endlich sahen wir von Weitem ein großes Schloss. Es sah sehr schön aus, hatte vier hohe Türmen und um das Schloss herum eine riesige Mauer, die wohl Feinde, die das Schloss angreifen wollten, abhalten sollte.

Nachdem wir uns vorgestellt hatten, ließ der Brückenwärter eine Zugbrücke herunter und wir konnten das Schloss betreten. Sogleich brachte uns eine Wache zum König, einem alten Mann, dessen Gesicht mit Falten übersät war und der auf einem hohen Thron saß.

„Guten Morgen, König Omar, ich freue mich, dich wieder einmal treffen zu können“, sagte Don, der Weise.“

Weiter kam er nicht, denn Omar schrie förmlich: „Schweig. Ich weiß, wer wer du bist und was die, die bei dir sind, wollen. Sonst hätte man euch gar nicht erst ins Schloss gelassen!“

Don war überrascht, so kannte er seinen alten Freund nicht, doch konnte er nichts erwidern, weil der König schon wieder das Wort ergriffen hatte: „Ihr wollt euch in meinem wunderschönen Königreich breit machen und Unruhe stiften. Jawohl, das wollt ihr! “

Don hatte uns zwar vor dem Besuch gesagt, er würde reden, wir anderen sollten schweigen, aber jetzt platzte mir der Kragen und ich mischte mich in das Gespräch ein. „Nun pass mal auf, lieber König Omar, ich weiß zwar nicht so genau, was du über uns so gehört hast? Aber eines sei dir gesagt: Wir wollen uns sicherlich nicht in deinem Reich breitmachen. Wir sind einzig und allein hier, weil wir den Katzenhimmel retten wollen und nichts anderes. Basta!“ Das musste schließlich mal gesagt werden.

Neben dem König stand die ganze Zeit ein kleiner Gnom, den ich schon beim Betreten des Saales gesehen hatte. Und der flüsterte dem König ständig etwas ins Ohr.

Plötzlich umzingelten uns die Wachen des Königs und der Gnom rief: „Ab in den Kerker mit dem Gesindel!"

Nun saßen wir erneut fest. In einem Kerker.

Don versuchte, uns zu beruhigen, doch das gelang ihm schlecht.

Nach wenigen Stunden öffnete sich jedoch wie von Geisterhand die Kerkertür und wir konnten wieder raus. Weit und breit waren keine Wachen zu sehen, sodass mir der Verdacht kam, Don hätte etwas damit zu tun. Aber die Freude über unser Entkommen währte nur kurz, denn gleich darauf sahen wir den Gnom.

Don rief: „Du kleiner mieser Lügner, ich weiß, wer du bist und ich werde dir eine Lektion erteilen, die du nie wieder vergessen wirst. Gib König Omar die Seele zurück, bevor dir etwas Schlimmes passiert!"

Der Gnom lachte nur: „Nie im Leben. Hahaha!"

Da wurde Don sehr böse, schwang seinen Stab und sprach eine seiner magischen Formeln, die keiner verstand, weil er sie in einer fremden Sprache sprach.

Das ganz Schloss fing an zu beben, einige Steine fielen herab und wir mussten uns gegenseitig festhalten. Dann erschienen für einen Bruchteil einer Sekunde ein gleißendes Licht und eine riesige Gestalt – und ich hätte in diesem Augenblick schwören können, den Katzengott gesehen zu haben.

Nachdem das Licht verschwunden war, war auch der Gnom nicht mehr zu sehen und wir konnten uns im Schloss frei bewegen.

So wagten wir uns erneut vor den Thron des Königs. Der saß dort unverändert, aber sehr eingefallen und kraftlos. Als Don das sah, erhob er seinen Stab noch einmal, schwang ihn auf und ab und rief dieses mal einen sehr langen Spruch. Dann klopfte er dreimal auf dem Boden, vier Blitze trafen den König und ich sah, wie aus dessen Körper ein schwarzer Schatten entwich und in der Erde verschwand. Dann schaute ich wieder auf den König, der nun weder alt noch mutlos wirkte, sondern uns ein Lächeln schenkte und Fragen über Fragen an uns hatte.

Don und Omar umarmten sich glücklich und so, als ob nichts passiert wäre. Don hatte zwar bislang wenig über ihre Beziehung gesprochen, doch bei diesem Anblick vermutete ich, dass sich die beiden wirklich schon sehr lange aus alten Zeiten kannten. Don berichtete in aller Ausführlichkeit, was passiert war und dass auch Omars Königreich in wäre. „Wir alle hier oben im Katzenhimmel müssen zusammenhalten, wir müssen die böse Macht endlich zur Strecke bringen, die uns bedroht, Nicht zuletzt habe ich deshalb meine Truppen der Tiere dieser Welt in dein Königreich beordert. Ich denke, dass die Krieger bald hier eintreffen werden."

Omar schaute auf Paul und fragte schließlich, was denn des Teufels Sohn mit der ganzen Sache zu tun hätte, er gehöre doch zu den Bösen.

Das war mein Stichwort, denn natürlich fühlte ich mich noch immer für Paul verantwortlich, auch wenn er längst seine normale Gestalt wieder angenommen hatte. „Ja, Omar, du hast recht. Paul ist der Sohn des Teufels. Aber jedes Lebewesen kann sich ändern und Paul hat sich geändert. Er ist längst einer von uns und hat seit Beginn unserer Mission viel für die Lösung unseres Problems getan. Wir brauchen ihn, denn nur zusammen sind wir stark. Und siehe, er hat dem Bösen abgeschworen, denn ihm wurden Engelsflügel verliehen."

Der König schaute mich mit strengen Augen an. „Die habe ich längst gesehen. Sollte Paul sich aber nur einen einzigen Fehltritt erlauben, dann werde ich ihm persönlich den Kopf abschlagen."

Paul schaute ganz entsetzt. Doch dann lachte König Omar und drückte ihm ein Auge zu.

Ich flüsterte Paul zu: „Ich pass auf dich auf!"

Bald nach unserem Gespräch wurde es unruhig in Schloss. Ein Bote war gekommen und hatte dem König einen Brief übergeben, den dieser nun aufmerksam las. Dabei wurde sein Gesichtsausdruck sehr ernst, ja, fast schon zu ernst. Nachdem er den Brief zu Ende gelesen hatte, dreht sich der König zu uns um.

„Hier steht, wir sollen uns vorbereiten auf einen Kampf – Gut gegen Böse."

Wir waren ratlos. Brummi war bei uns, der sechste Schlüssel auch, aber wir konnten die Lösung nicht finden, wie wir Brummi wieder zum Leben erwecken konnten. Don hatte schon unzählige Mal versucht, die in Stein gemeißelte Person mit einem Zauberspruch zu befreien, aber es war ihm nicht gelungen. Und auch Toni hatte mit seiner ganz speziellen Mund-zu-Mund-Beatmung kein Glück gehabt.

Don und Omar redeten lange miteinander. Dabei sahen sie gar nicht glücklich aus. Sie wussten wohl, welche Verantwortung auf ihren Schultern ruhte.

Als wieder einmal die Erde bebte, wunderte uns das kaum mehr. Auch nicht, als sich der Boden unter uns auftat und ein Monster auftauchte, fürchterlicher und größer als alle anderen, die wir je gesehen hatten. Wir sprangen alle zur Seite und dann geschah etwas Unglaubliches. Paul, ja, unser kleiner Angsthase Paul, entriss Don den Zauberstab, wedelte damit in der Luft herum und war sogleich ebenso groß wie dieses furchtbare Monster vor uns. Wie hatte Paul das nur gemacht?

Ich rief: „Paul, mach keine Dummheiten!" Denn ich wusste ja, König Omar hatte zwar mit einem Augenzwinkern gesagt, er würde ihm beim ersten Fehltritt den Kopf abreißen, aber ich war mir nicht sicher, ob er es nicht doch tun würde. Ich sah zu Don und dem König, die sich gerade noch angeregt unterhalten hatten, und jetzt gebannt das Geschehen verfolgten.

Und dann spürte ich, dass mir etwas fehlte.

Im ersten Moment wusste ich nicht, was, dann fasste ich an die Stelle, an der ich normalerweise die fünf Schlüssel trug – sie waren weg. Paul musste sie mir heimlich entwendet haben. Was sollte ich tun?

Doch schon im nächsten Augenblick war die Sorge um die Schlüssel verschwunden. Ich sah, wie sich Paul auf das Monster stürzte und mit ihm rang und kämpfte. Als ich dem Monster in die Augen sehen konnte, erstarrte ich förmlich.

Denn was ich dort sah, war niemand anders als Brummi, Pauls Tochter. Ich blickte mich um. Und ja, die steinerne Brummi, die wir jetzt tagelang durch die Gegend geschleppt und bei unserer Ankunft am Fuße des Throns abgestellt hatten, war verschwunden. Wie konnte all das passieren? Hier oben im Katzenhimmel ging wirklich nichts mit rechten Dingen zu.

Ich wendete meinen Blick wieder dem Kampfgeschehen zu. Und dann sah ich ihn: den sechsten goldenen Schlüssel, der um den Hals des Monsters hing.

Jetzt gab es keinen Zweifel mehr – dies war die echte Brummi. Und sie war dabei, den Kampf zu verlieren, denn mit immer größerer Macht warf sich Paul auf sie.

Trotzdem hatte ich große Angst um Paul, denn ich hatte diesen Teufelskerl tatsächlich schon tief in mein Herz eingeschlossen. Ich rief: „Paul, bitte höre auf!"

Doch er hörte mich nicht.

Plötzlich gab es einen riesen Knall, ein grelles Licht umschlang uns alle und wir wurden zu Boden geworfen.

Als sich der weiße Schleier, der sich infolge des grellen Lichts gebildet hatte, verzogen hatte, schossen mir tausend Fragen durch den Kopf. Wo um Himmels willen war Paul? Was war aus Brummi geworden? Hatte Paul sie vernichtet? Oder sie ihn? Und was hatte überhaupt das helle Licht zu bedeuten?

Die wichtigste Frage aber war: Wo waren die Schlüssel abgeblieben? Nur sie allein konnten unsere Rettung sein!

Ich war noch ganz in Gedanken, als plötzlich ein übergroßes Wesen aus purem Gold und mit riesigen Flügeln vor mir stand. Es hatte zudem einen langen Schwanz und einen Heiligenschein über dem Kopf. Beim genaueren Hinsehen erkannt ich, dass es sich um einen goldenen Drachen handelte.

König Omar und Don waren inzwischen vor ihn getreten und hatten sich vor ihm verbeugt. Also tat auch ich das, auch wenn ich nicht wusste, wer der Drache war oder welche Aufgabe ihm zukam.

Aus dem Augenwinkel heraus sah es sogar fast so aus, als würde der Drache lächeln. Und das tat er wohl auch, denn als er seinen Kopf beugte und mir sehr tief in die Augen schaute, da traf mich fast der Schlag. Aus diesen Augen schauten mich Paul, Brummi und Pu gleichzeitig an.

„Fang nicht an zu spinnen", dachte ich und dreht mich zu Milli und den anderen um. Doch außer Omar, Milli, Don und Toni war dort niemand mehr. Auch Pu war, ebenso wie die steinerne Brummi, verschwunden.

Ich hatte also wirklich recht. Aus Paul, Brummi und Pu war eine Person, ein goldener Drache geworden, ich konnte es kaum glauben.

„Wir gehören zu den Guten", raunte mir der Drache nun zu.

Und ich glaubte ihm, „Ja, so musste es sein", ging es mir durch den Kopf. Anders konnte ich mir das alles hier nicht erklären. Das Geheimnis der sechs Schlüssel, die wir auf so gefahrvolle Weise und so lange gesammelt hatten, war, dass sie die Macht hatten, ein Wesen zu erschaffen, dass die Macht des Bösen besiegen konnte. Wir hatten die Lösung gefunden, wir konnten aufbrechen, das Böse für immer zu besiegen und das Katzenreich zu retten.

„Ich werde nun an eure Seite bleiben, bis wir das Böse besiegt haben", sprach der goldene Drache zu uns allen. „Aber bevor der Kampf vorbei ist, müssen wir uns ins Tal der schwarzen Macht begeben. Nur von dort aus können wir den Katzenhimmel und die anderen Reiche retten."

Don verbeugte sich abermals vor dem Drachen. „Folgt mir ins Land der schwarzen Macht. Es wird ein harter und sehr sehr langer Weg dorthin. Wir dürfen keine weitere Zeit verlieren."

18

Die Begrüßung im Land der schwarzen Macht fiel nicht besonders herzlich aus. Zunächst öffnete man uns nicht das Tor, nachdem wir angeklopft hatten, wurden wir mit Feuerbällen beworfen, mussten uns zurückziehen und verstecken. Toni trat vor und sagte, er wolle probieren, durch das Tor zu schlüpfen, dazu machte er sich ganz klein. Wir warteten davor – immer in der Ungewissheit, was wohl als Nächstes passieren würde.

Als Toni nach etlichen Stunden zurückkam, sagte er, wie müssten schnell zu Omars Schloss zurückkehren. Im Land der schwarzen Macht würde sich eine Armee mit mehr als 1000 Kriegern darauf vorbereiten, in die Schlacht zu ziehen. Diese Macht hätte mehr Energie zum Kämpfen, als wir alle anderen zusammen, und die Krieger hinter diesem Tor seien verdammt stark und groß und mit riesigen Keulen bewaffnet.

Als wir Omars Schloss erreichten, war dieses jedoch von seinen Soldaten umstellt und er weigerte sich, uns Einlass zu gewähren. „Ich traue euch nicht mehr“, rief er und so blieb uns nichts anderes übrig, als vor seinem Schloss draußen zu übernachten.

Als es hell wurde, sahen wir in der Ferne dunkle Wolken aufziehen und wir spürten, wie der Boden unter uns leicht bebte. Die Gefahr kam also näher.

Nun blieb uns nur noch eine Chance – wir mussten den goldenen Drachen um Beistand bitten. Er sagte: „Habt Geduld, schon bald wird uns König Omar wieder in sein Schloss lassen.“

Das machte mich nicht besonders glücklich und ich fragte ihn, wie es ihm ginge, also in Wirklichkeit Paul, Brummi und Pu.

Der goldene Drache antwortete: „Alles wird gut. Und wenn das alles hier gut verläuft, erhalten wir drei auch unsere eigenen Körper wieder. Bis dahin mache dir, liebe Zaubermaus, keine zu großen Sorgen. Wir haben ebenso viel Macht wie das unsagbare Böse." Er blickte mich freundlich an und ich sah, dass er noch etwas auf dem Herzen hatte. „Zaubermaus, sorge bitte dafür, dass sich Milli nicht in das Kampfgetümmel wirft. Mir wäre es sehr lieb, wenn sie in der Zeit, in der wir kämpfen, zu ihrem Vater zurückkehren würde."

Ich versprach dem goldenen Drachen, mein Bestes zu geben und Milli zu schützen.

Don hatte unser Gespräch verfolgt und ging noch einmal zum Schloss. Er rief: „König Omar, sei vernünftig, du kannst es nicht alleine schaffen, du brauchst unsere Hilfe. Sei nicht so stur und öffne endlich das Tor."

Offensichtlich hatte König Omar eingesehen, dass er allein nichts ausrichten konnte. Das Schlosstor öffnete sich und wir konnten eintreten. Anschließend schloss es sich sogleich wieder. Don lief nun zum König und fragte ihn: „Was sollte das, warum hast du uns gestern keinen Einlass gewährt?"

König Omar sagte nichts, sondern führte Don zum Schlossturm. Oben angekommen, sah auch Don, was den König dazu veranlasst hatte. Teile des Himmels waren pechschwarz und Blitze zuckten. Diese schwarze Front kam verdammt nah und schnell auf das Schloss zu, gefolgt von einer tausendköpfigen Armee.

Als Don uns kurze Zeit später davon berichtete, fragte ich mich sogleich, ob uns der Herrscher des Totenreichs zu Hilfe eilen würde, so wie er es uns bei unserem Besuch bei ihm versprochen hatte? Dons eigene Truppen waren inzwischen eingetroffen und hatten ihr Lager bezogen. Gemeinsam mit den Truppen König Omars warteten sie auf ihren Einsatzbefehl.

Während sich alle auf die kriegerischen Auseinandersetzungen vorbereiteten, begann ich zu zweifeln. Was hatte ich, Zaubermaus, überhaupt hier zu suchen? Warum konnte ich mein Leben im Katzenhimmel nicht ganz einfach genießen? Was ging mich das hier eigentlich alles an? Sollte ich ein letztes Mal den magischen Ring drehen? Und einfach abhauen?

Plötzlich tippte mir Don auf die Schulter. „Ich weiß genau, mit welchen Gedanken du jetzt spielst, Zaubermaus. Und ich kann dich sogar verstehen. Aber du darfst den Ring auf keinen Fall nutzen. Bitte tue es nicht, Zaubermaus. Es wir alles gut werden, wir dürfen nur die Hoffnung nicht aufgeben. Es wird sicherlich hart werden für uns und es wird sicherlich auch Verluste geben. Aber glaube mir, mit all unseren Kräften und Fähigkeiten, die wir alle zusammen haben, werden wir das unsagbare Böse besiegen." Don streichelte mir durchs Gesicht und ich spürte plötzlich, wie sich eine sanfte Macht in mir ausbreitete und ich mich viel stärker fühlte als zuvor.

Dann riefen Don und König Omar alle zusammen, die sich im Schloss befanden.

Don sprach: „Meine lieben Freunde, wie ihr alle wisst, bedroht uns seit Längerem eine böse Macht und keiner weiß bislang, woher sie kommt und wer sie ist. Bald wird es zum Kampf kommen und ich bitte euch, seid zuversichtlich und gebt nicht auf. Ich weiß, ihr alle habt viel durchgemacht, viel erlebt, aber jetzt und hier wird sich bald alles entscheiden. Wenn die Sonne über dem Hügel aufgeht und der Mond am höchsten steht, gibt es kein Zurück mehr. Lasst uns alle gemeinsam beten und unsere Kräfte bündeln." Das taten wir dann auch und spürten alle, wie die Gefahr immer näher und näher kam.

Die dunklen Wolken waren inzwischen über Omas Schloss angekommen und in der Ferne hörte man bereits das Kriegsgeschrei unserer Feinde. Noch waren sie aber ein wenig vom Schloss entfernt, sodass wir uns alle weiter gut vorbereiten konnten.

Nur der goldene Drache schien plötzlich sehr aufgeregt zu sein. Ich ging zu ihm und fragt: „Was ist denn los mit dir?"

Er schaut mich an und eine goldene Träne floss aus seinem Auge. „Mach dir keine Sorgen", flüsterte der Drache und spannte seine Drachenflügel. Dann flog er, ohne ein weiteres Wort zu sagen, los Richtung Sonne.

Ich ging zu den anderen, die mich schon erwarteten. Würde ich es schaffen, ihren Mut aufrechtzuerhalten? Der goldene

Drache war weg, ich hatte einen magischen Ring, den ich nicht drehen durfte – war unsere Situation wirklich so positiv, wie alle dachten?

Ich beschloss, den Schlossturm zu besteigen, ich wollte mir selbst noch einmal ein Bild davon machen, was da draußen passierte. Oben angekommen, erkannte ich sofort die riesige Staubwolke am Horizont, die sich unaufhaltsam auf uns zu bewegte. Ein oder zwei Tage, länger konnte es nicht mehr dauern, bis die Angreifer bei uns waren. Und dann entdeckte ich noch etwas, was ich im Katzenhimmel bislang noch nicht gesehen hatte – einen Feuer speienden Vulkan. Ich rannte, so schnell ich konnte, zurück zu Don und dem König und berichtete, was ich gesehen hatte.

Don sagte: „Behalte jetzt die Nerven. Der Vulkan, das kann ein gutes Zeichen sein."

„Kann ...", wiederholte ich, verstummte aber dann. Für Diskussionen war nun keine Zeit mehr, wir mussten uns auf unseren Kampf vorbereiten. So fingen wir an, das Schloss noch sicherer zu machen, bauten weitere Steinschleudern und stellten nach einem Spezialrezept von Don ekelig aussehenden, heißen, grünen Schleim her, der so fürchterlich stank, dass wir es kaum aushalten konnten und sich der ein oder andere sogar übergeben musste. Selbst dem König wurde schlecht, als er das schleimige Zeug in Eimer umfüllen musste, die wir später auf den Schlossmauer und rund um das Schloss aufstellten. Wir bauten riesige Stäbe mit Spitzen, die wir an der Mauer befestigten. Rund um den Schlossgraben stellten wir Hunderte von Gefäßen mit einer brennbaren Flüssigkeit auf, die wir im Falle eines Angriffs von oben mit Pfeil und Bogen in Brand stecken wollten. Zum Schluss sicherten wir sämtliche Schlosstore und -türen und verstärkten die Sicherung der Zugbrücke so, dass sie von außen nicht mehr geöffnet werden konnte. Als diese Vorbereitungen abgeschlossen waren, rüsteten wir uns alle selbst mit Waffen aus – nun konnte der Kampf beginnen.

Doch irgendetwas kam mir plötzlich komisch vor, ich hatte das Gefühl, dass sich in unseren Reihen ein Verräter befinden würde – und mein Gefühl täuschte mich selten. Ich beschloss, mit Don darüber zu reden, und der schien mich bereits erwartet zu haben. Doch ehe ich ihm bei einem kleinen Spaziergang durch den Schlosshof berichten konnten, sagte er: „Zaubermaus, ich weiß, was du denkst. Ich sehe nicht nur die Gegenwart und die Vergangenheit, sondern auch in die Zukunft ... und ja, ich kann auch deine Zukunft sehen und sogar deine Gedanken lesen."

Ich erschrak, doch Don lachte nur. „Ich kann deine Gedanken schon seit dem ersten Tag unserer Begegnung lesen, du musst dich also gar nicht erschrecken."

In meinem Kopf ratterte es und mir standen die Katzenhaare zu Berge. „Don", fragte ich nach einer Weile, „kann es sein, dass du in Wirklichkeit der Katzengott bist und nur eine andere Gestalt angenommen hast?"

Don lächelte, sagte aber nichts.

„Das heißt, du weißt auch, dass wir einen Verräter unter uns haben und dass ich mit meinem Gefühl richtig liege?", sprach ich weiter.

Don nickte.

Bald kehrten wir zu unseren Freunden und den Soldaten des Königs zurück, wir schauten uns alle Anwesenden genau an. Don wusste oder ahnte zumindest schon jetzt, wer der Verräter war, auch wenn er sich nichts weiter anmerken ließ. Trotzdem versuchten wir, ganz ohne magische Fähigkeiten, dem Verräter eine Falle zu stellen und hofften, dass er reintappen würde.

Don erzählte, dass ein Botschafter des Bösen kommen würde, um uns eine Mitteilung zu übergeben. Dass dieser in der Nacht vor dem Tor stehen würde und das wir achtsam sein sollten.

In der kommenden Nacht versteckten Don und ich uns hinter einen kleinen Wagen und warteten ab, was und ob überhaupt etwas passieren würde. Und tatsächlich. Gegen Mitternacht sahen wir, dass sich eine Person dem Tor näherte ... es war der Gnom, der schon einmal versucht hatte, den Geist des Königs zu beeinflussen. Sollte er der Verräter sein? Wir mussten ihn auf jeden Fall aufhalten.

Don sprang auf ihn zu: „Du widerlicher Gnom, wir kennen uns doch. Was willst du hier am Tor?"

Doch der Gnom lachte nur höhnisch: „Ihr werdet schon bald alle Sklaven meines Herrschers sein. Ihr könnt meinen Herren nicht besiegen, er ist für euch viel zu stark und seine Armee wird euch überrollen. Das verspreche ich, so wahr ich ..." Dann löste er sich einfach vor unseren Augen in Luft auf, gerade in dem Moment, in dem Don ihn greifen wollte.

Don und ich eilten zum König und der gab sogleich den Befehl aus, im ganzen Schloss Netze mit kleinen Glöckchen aufhängen zu lassen. Dann übertrug er nach Abstimmung mit Don mir das Kommando für die kommende Operation.

Wie sollte ich, Zaubermaus, nur ein solches Kommando übernehmen können? Das war eine riesige Aufgabe für mich und ich konnte nicht einschätzen, ob ich der gewachsen war.

Inzwischen hatten sich alle Krieger trotz nächtlicher Stunde im Schlosshof versammelt. Ich wusste, dass ich nun zu ihnen sprechen musst, zögerte aber einen Augenblick lang. Da schubste mich Don einfach in die Mitte der Wartenden. Nun stand ich hier und schaute in all die Gesichter, die voller Hoffnung auf mich gerichtet waren.

19

Ich nahm mir all mein Mut zusammen und hielt meine Rede, so wie es von mir erwartet wurde. „Meine lieben Freunde“, begann ich, „wir werden gemeinsam einen schweren Weg gehen. Ich kann euch nicht versprechen, ob wir diesen Kampf gewinnen werden. Ich weiß auch nicht, wie viele Verluste wir machen werden. Ich kann euch auch nicht sagen, ob wir jemals wieder so glücklich leben können, wie wir es früher konnten. Und ich werde niemanden dazu zwingen, mit mir und meinen Freunden das Böse zu bekämpfen. Wer gehen möchte, kann es jetzt tun.“ Mit diesen Worten beendete ich meine Rede.

Der ein oder andere applaudierte, doch dann hob Toni seinen Arm und alle verstummten wieder. Er trat aus den Reihen der Zuhörer direkt neben mich.

„Liebe Zaubermaus“, sagte er, „ich glaube, ich spreche jetzt für alle hier im Hof. Wir haben in letzter Zeit viel durchgemacht, auch ich mit dir und Pu und Brummi und Milli und Don. Ich weiß auch noch, wie wir uns kennenlernten und wir uns gegenseitig nicht wirklich über den Weg getraut haben. Aber durch das, was wir in kurzer Zeit haben durchmachen müssen, sind wir eng zusammengewachsen. Das heißt, wir werden jetzt auch nicht davonlaufen wie feige Hunde oder Ratten. Wir alle sind gemeinsam diesen Weg gegangen und werden ihn auch weiter mit dir gehen, Zaubermaus. Wir werden mit allem, was wir haben, dem Bösen entgegentreten, Zaubermaus. Und zu dir halten, bis zum Schluss. Egal, was passieren wird.“

Nun stand ich sprachlos da und mir kullerten vor Freude die Tränen runter. „Ich bin so stolz auf euch“, sagte ich nach einer Weile, in der ich mich halbwegs wieder gefangen hatte. „Ich werde bis zum Schluss für euch kämpfen. Bis wir in unserem Katzenhimmel wieder in Frieden leben können.“

Nun riefen alle im Chor: „Zaubermaus, es lebe Zaubermaus!"

Auch Don und König Omar waren von meiner Rede angetan. Sie klatschten ausgelassen Beifall.

Nachdem sich der Schlosshof geleert hatte und sich alle noch einmal für ein paar Stunden ausgeruht hatten, setzten wir am kommenden Morgen die Vorbereitungen fort. So stellten wir einen Plan auf, in dem jedem sein fester Platz im Schloss zugeteilt wurde, an dem er die Angreifer erwarten sollte. Immer wieder schauten wir auch, wie nahe die dunkle Staubwolke bereits an das Schloss herangekommen war. Meines Erachtens war es für eine Schlacht wie die, die nun vor uns stand, schon fast zu still. Es gab keine außergewöhnlichen Vorfälle und auch sonst schien alles ruhig zu sein.

Doch dann bracht unvermittelt die Katastrophe los. Sie begann wieder einmal mit einem leichten Beben unter meinen Füßen. Plötzlich aber gab es einen lauten Knall und die Erde bebte ganz fürchterlich. Steine fielen in großen Trümmern von der Schlossdecke zu Boden. Einige von uns konnten gerade noch zu Seite springen, bevor sie von solch einem Steinbrocken getroffen wurden.

Ich schrie: „Alle raus hier aus dem Schloss!" Und dann liefen wir um unser Leben.

Der ganze Spuk dauerte nicht länger als vielleicht zehn bis fünfzehn Sekunden. Zum Glück gab es unter uns keine Verletzten, aber der Schreck saß uns ganz schön tief in den Knochen. War das der erste Vorbote dessen, was uns noch erwarten würde?

In meine Gedanken hinein hörte ich Don rufen: „Zaubermaus, komm schnell zu mir und beeile dich bitte."

Ich rannte, so schnell ich konnte, zu Don. Der kniete vor König Omar, der auf seinem Thron hockte ... und von einer gewaltigen Statue halb begraben war. Don hatte sie alleine nicht anheben können und auch zu zweit schafften wir es nicht.

Der König machte die Augen auf und sagte so leise, dass wir es kaum hören konnten: „Lasst gut sein, meine Freunde. Ihr schafft es nicht."

Don antwortete: „Omar, mein Freund, ich werde dich hier nicht alleine lassen. Wir werden eine Lösung finden, um dir zu helfen. Wir haben schon so viel gemeinsam durchgestanden, das hier werden wir auch überleben."

Doch Dons Blick sprach etwas anderes, als er mir tief in die Augen schaute. Sein Blick sagte mir, dass der König dem Tode nahe war.

Ich konnte das nicht glauben und wollte den König auch nicht sterben lassen. „Wenn doch nur der goldene Drache an unserer Seite wäre, er würde uns helfen können, er würde das schwere Teil sicherlich anheben können", flehte ich leise.

Ich hatte den Gedanken noch nicht ganz zu Ende gedacht, da erbebte das Schloss erneut, der Boden unter uns riss auf und Lava trat aus. Meine Beine zitterten und Don hielt mich fest, sonst wäre ich sicherlich in den Spalt gefallen, der sich vor uns aufgetan hatte. Dann hörten wir gurgelnde Laute aus der Spalte zu uns hoch dringen.

Don schrie mich an: „Wir müssen den König schützen!" Gleichzeitig nahm er seinen Stab und ließ ihn dreimal auf dem Boden tippen, aber es passierte nichts, der Spalt wollte sich einfach nicht schließen, so oft Don auch seinen Stab zu Boden brachte.

Dann aber passierte etwas Großartiges, Einzigartiges: Aus der heißen Lava tauchten gleich drei goldene Drachen auf. Als ich das sah, blieb mir glatt die Luft weg, ich konnte kaum glauben, was sich da vor meinen Augen abspielte!

Die drei goldenen Drachen eilten sofort zu König Omar und hoben die Statue von seinem Körper. Für sie war das kinderleicht. Dann trugen wir ihn in sein Gemach, um ihn dort zu behandeln.

Konnten wir den König noch retten? Seine Verletzung war sehr schwer.

Er schaute uns verzweifelt an und flüsterte immer wie im Fieberwahn: „Nun liegt es nur noch in eurer Hand, das Böse endlich zu besiegen. Ich werde euch ..." Mit diesen Worten erstarb seine Stimme und König Omar schloss für immer seine Augen.

Ich weinte und fragte wieder und wieder: „Warum? Warum musste er so sterben? Ich habe immer gedacht, hier im Katzenhimmel, im Totenreich könne man nicht noch einmal sterben. Don, warum?"

Don antwortete: „Es gibt Fragen, die auch ich leider nicht beantworten kann, Zaubermaus. Aber nun müssen wir uns zusammenreißen und das beste aus der Situation machen. Wir alle sind Teil einer großen, guten Macht. Lass nun König Omar ins Reich der Sonne ziehen. Wenn das alles hier vorbei ist, werden wir seinen Leichnam auf ein Schiff legen und dieses dann anzünden, sodass es lichterloh brennend aufs offene Meer hinausschwimmen kann – der Sonne entgegen."

20

Nach dem letzten Beben, das König Omar das Leben gekostet hatte, wussten wir genau, dass der Kampf schon bald beginnen würde.

Als dann der erste gleißende Feuerball auf das Schloss zuflog, löste Don Alarm aus. Innerhalb von Sekunden standen alle bereit, um in den Kampf Gut gegen Böse zu ziehen. Der Himmel über uns war nun pechschwarz und der Boden bebte wie immer, wenn sich Unheil ankündigte.

Und dann sahen wir sie, die Kämpfer der feindlichen Truppen: Riesige Monster und Kampfhunde sowie Elefanten, auf denen Gnome saßen, kamen in Heerscharen auf uns zu.

Ich schwor unsere Mannen alle noch einmal ein und rief: „Öffnet die Tore."

Dann zog ein Teil meiner Armee aus, um sich gegen den Feind zu stellen. Alle anderen Soldaten blieben im Schloss, um es zu verteidigen. Als wir vor den Toren des Schlosses standen, sahen wir in der Ferne wieder den Vulkan, der erneut Feuer spie und eine große Schar Greifvögel gen Himmel entließ. Unterdessen flogen mehr und mehr Feuerbälle auf das Schloss zu, richteten aber keinen großen Schaden an, da das Feuer immer gleich gelöscht werden konnten – wir waren gut vorbereitet!

Als sich plötzlich die Erde auftat und Tausende von Schlangen versuchten, uns anzugreifen, stieß Don seinen Stab mit der weißen Kugel, die nun golden schimmerte, auf den Boden und eine Wolke ähnlich einem Schutzschild legte sich über die Schlangen, sodass ihr Angriff ins Leere verlief.

Gleichzeitig färbte sich der Himmel nun glutrot und ich sah, dass drei goldene Drachen gefolgt von vielen anderen Drachen gegen die Greifvögel kämpften, die der Vulkan zuvor ausgespuckt hatte. Ein erbitterter Kampf begann und forderte viele Opfer.

Schließlich zogen sich die Vögel der schwarzen Macht zurück und unsere Kämpfer konnte zurück ins Schloss, um neue Kräfte zu sammeln. Zurzeit sah es nicht so aus, als würde es so bald wieder losgehen.

Erst am nächsten Morgen, als wir alle ausgeruht waren, verdüsterte sich wieder der Himmel. Don rief uns zu: „Seid ihr alle bereit, für das Gute zu kämpfen und unser Land zu beschützen? Egal, was passieren wird?“

Alle Anwesenden schrien wie aus einer Kehle: „Jaaaaa!“ Und stürmten sogleich los, ihre Positionen einzunehmen.

Schon bald darauf versuchten die Gnome mit lautem Gegröle die Schlossmauer zu erklimmen. Doch wir waren gerüstet und schütteten den grünen Schleim, den wir Tage zuvor produziert hatten, eimerweise die Mauer hinunter. Nun konnten sich die Gnome nicht mehr halten und stürzten in die Tiefe. Viele von ihnen wurden von den Stäben, die wir mit scharfen Spitzen ausgestattet und an der Mauer befestigt hatten, aufgespießt, was kein wirklich schöner Anblick war.

Doch nicht alle kamen um und so rief ich Don zu: „Wir müssen den Graben endlich in Brand setzen!“

Zuerst reagierte er nicht, rief dann aber: „Wir warten noch ab, ich gebe dir das Zeichen.“

Der nächste Angriff kam aus der Luft, es waren wieder die Greifvögel, die uns attackierten. Dieses Mal hackten sie nicht mit ihren monströsen Schnäbeln auf uns ein, sondern hatten in ihren Fängen Felsblöcke, die sie auf uns niederwarfen. Die herunterfallenden Brocken vergruben einige Krieger, die nicht schnell genug zur Seite springen konnten, aber auch unsere Feinde hatten Verluste zu verzeichnen. Es war kein schöner Anblick.

Während ich mich umsah, tippte mir plötzlich jemand auf die Schulter. Es war Toni, der ziemlich mitgenommen aussah. Sein Fell war voller Blut und schwarz vor Dreck, außerdem atmete er schwer. Der Arme zitterte zudem am ganzen Körper, so, als ob er etwas Schreckliches gesehen hatte. Es dauerte einige Minuten, bis er mir erzählen konnte, was passiert war. In einer Offensive hatte man Teile seiner Truppe überfallen und gefangen genommen. Er konnte nur knapp entkommen und stand jetzt hier im Schloss mit traurigen Augen vor mir. Dann zeigte er auf den Vulkan, der noch immer Feuer spuckte.

Ich ahnte, was nun auf mich zukommen würde. „Du willst mir doch nicht sagen, dass wir dorthin müssen?“

Doch Toni nickt. „Dort sind all unsere Freunde, Zaubermaus. Irgendwo da am Vulkan.“

Es blieb uns also gar nichts anderes übrig, als sich wieder einmal auf den Weg zu machen, und so verließen Toni und ich das Schloss.

Don hatte mir noch den Auftrag erteilt, den Schlossgraben, zu entzünden – die Eimer mit der brennbaren Flüssigkeit hatten die Soldaten tags zuvor darin entleert. Ich nahm nun also eine brennende Fackel von der Wand und warf sie in den Graben, die Flammen schossen gleich meterhoch, sodass das Schloss nun von einem Flammenring umschlossen war.

Don hatte gesagt, dass dieses Flammenmeer das Schloss vor Eindringlingen beschützen würde, bis wir zurückkämen. Ich vertraute auf seine Worte.

Auf dem Weg zum Vulkan mussten Toni und ich sehr vorsichtig sein, man wusste ja nie genau, wo die Feinde lauerten. Manchmal ritt ich auf seinem Rücken und er hüpfte durch die Gegend, manchmal schwangen wir uns in die Lüfte und er saß auf meinem Rücken. Dank der Engelsflügel, die ich in letzter Zeit viel trainiert hatte, konnte ich inzwischen sehr gut fliegen.

Unterwegs überlegten wir immer wieder, wie wir wohl in den Vulkan hineinkommen könnten, sollten unsere Feinde die Gefangenen tatsächlich dorthin gebracht haben. Wir konnten ja schließlich nicht einfach in die heiße Lava springen, das wäre uns sicherlich nicht gut bekommen. Plötzlich blieb Toni unvermittelt stehen und ich wäre beinahe von seinem Rücken gefallen, so vertieft war ich in meine Gedanken gewesen. „Kannst du mir nicht vorher sagen, wenn du stehen bleibst?“, fauchte ich Toni an.

Toni reagierte darauf gar nicht, sondern sagte nur: „Hörst du das denn nicht, Zaubermaus?“

Ich hörte jedoch nichts, obwohl Katzen natürlich besonders gute Ohren haben. Einzig der Schwefelgestank des Vulkans drang bis zu mir vor. Erst als das Geräusch lauter und lauter wurde, hörte ich es auch. Töne, als würde ein riesiger Schwarm Hummeln direkt auf uns zufliegen.

Aber weit gefehlt, es waren keine Hummeln, sondern Drachen, goldene Drachen, Hunderte, angeführt von Paul, Brummi und Pu und mitten unten ihnen auch Milli, die auf Pauls Drachenrücken ritt. Ich hatte sie in den letzten Tagen ein wenig aus den Augen verloren und mir war nicht einmal bewusst gewesen, dass sie sich gar nicht mehr im Schloss befunden hatte. Paul hatte also selbst ein Auge auf die Tochter des Katzengottes gehabt und sie beschützt.

Nachdem wir unserer Wiedersehensfreude Ausdruck verliehen hatten, überlegten wir gemeinsam, wie wir weiter vorgehen sollten.

„Ich habe eine gute Idee“, meldete Pu sich zu Wort. „Ich habe vorhin beim Fliegen über einen kleinen Felsvorsprung nahe beim Vulkan gesehen, dass unsere Gefangenen nicht im Vulkan selbst, sondern auf einer Lichtung unweit des Feuer speienden Berges in Ketten angebunden lagern.“

Sogleich brach ein Teil von uns unter meiner Führung auf, die Gefangenen zu befreien, der andere Teil sollte beobachten und uns gegebenenfalls zu Hilfe eilen.

Kurze Zeit später kamen wir an dem Felsvorsprung nahe des Vulkans an, von dem aus man einen guten Blick über die Lichtung hatte. Von hier oben aus konnten wir sehen, wie unsere Freunde und Mitstreiter immer und immer wieder geschlagen wurden und gequält wurden von ihren Bewachern. Mir war, als würde ich jede dieser Torturen selbst am eigenen Körper spüren. Am liebsten hätte ich gleich losgeschlagen, doch wir mussten warten, bis es dunkel war. Erst da konnten wir den Abhang ungesehen hinunterklettern. Fliegen war uns zu riskant, denn dann hätten unsere Feinde uns sicherlich sofort bemerkt.

Kaum hatten wir den Boden des Gefangenenlagers betreten, bebte die Erde, dieses Mal aber stärker als sonst. Wir mussten uns also beeilen, sollte unsere Befreiungsaktion nicht im Sande verlaufen. Mich wunderte nur, dass wir weit und breit keine gegnerischen Kämpfer oder Bewacher mehr ausmachen konnten.

Und so begannen wir im Schein der Sterne und des Mondes, die Fesseln unserer Freunde zu lösen. Das brauchte Zeit und ich hatte ein sehr mulmiges Gefühl. Diese Aktion lief mir einfach zu reibungslos ...

Als ob ich es geahnt hätte: Wie aus dem Nichts wurden wir plötzlich von den Soldaten des unsagbar Bösen umzingelt, gerade als wir den letzten unserer Krieger befreit hatten. Jetzt schien es so, als hätten sie nur auf unser Kommen gewartet. Uns blieb nur eines übrig: Wir mussten die Nerven behalten, sollte es kein fürchterliches Blutvergießen hier auf der Lichtung geben. Denn wir waren zunächst einmal in der schwächeren Position. Ich konnte nur hoffen, dass der Rest der Drachenarmee alles, was hier unten geschah, genau verfolgte und dann im richtigen Moment eingreifen würde, sonst wären wir alle sicherlich verloren.

Die Krieger des Bösen trieben uns in der Mitte der Lichtung zusammen und umzingelten uns. Wir rückten ganz nah zusammen, es war kalt geworden. Immer wieder fragte ich mich voller Angst, was man wohl mit uns vorhatte und mir wurde bei den Gedanken, die ich mir ausmalte, ganz flau im Magen.

Immer wieder schaute ich auch hoch zum Himmel, doch nichts passierte. Es kam mir vor, als würde die Zeit gar nicht vergehen. Immer wieder blickte ich auch zu unseren Feinden und nach einer Weile fiel mir auf, dass sich die Soldaten nie bewegten. Sie standen wir Götzen vollkommen unbeweglich um uns herum, nicht einmal ein Augenzwinkern konnte man erkennen. So ähnlich hatte Brummi ausgesehen, als ihr Körper versteinert gewesen war.

Ich schlich mich also ganz vorsichtig an einen der Gegner heran und stupste ihn kurz an. Er bewegte sich nicht ein Stück. Was hatte das nur zu bedeuten? Wer hatte über diese merkwürdige Armee nur das Kommando?

Sollten wir die Gelegenheit nutzen und einen Ausbruch aus dem Lager wagen? Oder waren diese unbeweglichen Götzen auch nur wieder eine Falle?

Immer wieder ging mein Blick gen Himmel ... und dann sah ich, dass meine Drachenfreunde angeführt von drei großen goldenen Drachen vom Felsen herunter auf uns zukamen. Mein Herz machte einen Sprung, denn ich wusste nun genau, dass ich mich auf sie verlassen konnte.

Jeder der Drachen griff sich blitzschnell einen der steinernen Gegner und hob wieder ab. Sie nahmen Kurs auf das Schloss König Omars, jetzt wusste ich auch, dass ich das Feuer im Schlossgraben nicht nur zur Abwehr der Feinde hatte entzünden müssen, sondern auch, um den heimkehrenden Drachen die Orientierung zu erleichtern.

Als der erste Teil der Armee den Heimweg angetreten hatte, beschlossen auch wir, die Gefangenen, in unser Schloss zurückzukehren. Alle, die nicht selbst fliegen konnten, setzten sich auf den Rücken eines Drachen und bald schon flogen wir hoch in den Wolken. Doch natürlich mussten wir auch weiterhin auf der Hut sein, denn wir wussten ja nicht, aus welcher Richtung uns bald wieder Gefahr drohen würde, denn der Krieg war noch nicht vorbei.

Nach unserer Ankunft in Omars Schloss ruhten wir uns alle erst einmal aus. Wir waren glücklich über den Ausgang dieses Ausbruchs und erleichtert, dass er keine weiteren Opfer gefordert hatte.

Unsere Drachen verteilten sich unterdessen auf der Schlossmauer und den Wehrtürmen – von hier aus konnten sie alles überblicken und uns rechtzeitig warnen, wenn es einen nächsten Angriff geben würde.

Ich hatte mich ein wenig hingelegt, um Kraft zu schöpfen, als ich plötzlich leise Musik an meinem Ohr hörte. Ich drehte mich in die Richtung, aus der die Musik kam, und spürte einen leichten Luftzug an meiner Katzenschnauze. Ein goldenes Licht lenkte mich für einen Augenblick ab, doch so schnell es erschienen war, so schnell war es auch wieder verschwunden. Doch an der Stelle, an der es golden geschimmert hatte, stand nun eine wunderschöne Glaskugel. Ich wusste im ersten Moment, ehrlich gesagt, nicht, was ich damit anfangen sollte. Also nahm ich sie erst einmal in meine Pfoten und schaute sie mir genau von allen Seiten an.

Plötzlich konnte ich etwas in der Glaskugel erkennen und wurde kreidebleich. In der Kugel spiegelte sich ein fürchterlicher Kampf zwischen Gut und Böse.

War das ein Omen?

Die Musik verstummte, dafür hörte ich nun eine Stimme, die sprach: „Hast du das alles gut betrachtet in dieser hübschen kleinen Glaskugel? Dann merke es dir gut. Denn ihr alle werdet euch bald wünschen, schnell tot zu sein. Ihr werdet meinen Zorn spüren. Meinen unsagbar großen Zorn. Gebt auf und unterwerft euch meiner Führung. Ich bin euer Schicksal. Ich bin das Böse. Wenn ihr es nicht tut, werdet ihr alle bald Futter für meinen Vulkan sein. Hahahahah ...“

Das war zu viel für mich. Was bildete dieser Kerl sich eigentlich ein, einer Zaubermaus drohte man nicht und schon gar nicht ihren Freunden, die so tapfer waren. Was hatte das unsagbar Böse überhaupt in meinem Zimmer zu suchen?

Ich schaute noch einmal in die Glaskugel, aber jetzt war nichts mehr zu sehen. Also beschloss ich, den letzten Kampf, die letzte Schlacht auszurufen. Es reicht jetzt, das alles musste langsam ein

Ende haben! Sollte diese verdammt böse Macht nun einmal sehen, wozu das Gute wirklich in der Lage war!

21

Ich besprach mich mit Paul, Brummi und Pu. Die drei goldenen Drachen und ich beschlossen, die Armee in zwei Teile zu teilen. Die eine Hälfte sollte im Schloss bleiben, die andere Hälfte in die Lüfte steigen und von oben die Feinde angreifen, die sich ihnen in den Weg stellten.

Und diese Feinde ließen nicht lange auf sich warten. Mächtige Kreaturen mit zwei Köpfen marschierten geradewegs auf das Schloss zu. Unsere Drachen stürzten auf sie herab und drehten einer Kreatur nach der anderen die Hälse um. Diejenigen, die entkommen konnten, wurden von den Kämpfern, die im Schloss die Stellung gehalten hatten, mit Pfeil und Bogen attackiert. Bald schon konnten wir den ersten Sieg für uns verbuchen. Was würde als Nächstes kommen? Und die wichtigste Frage: Wann würde es passieren?

Doch in den nächsten Tagen geschah rein gar nichts, was uns hätte beunruhigen können. Sollte sich die böse Macht bereits zurückgezogen haben? Das konnte ich irgendwie nicht glauben. Ich schaute in meine Glaskugel, die noch immer in meinem Zimmer stand, doch sie zeigte keine Bilder.

Dann aber, an einem späten Vormittag, geschah etwas, das mich zutiefst bewegte: Ich saß im Thronsaal und hing meinen Gedanken nach, als plötzlich Don neben mir stand. Den hatte ich seit unserer Rückkehr vom Vulkan noch nicht wieder gesehen, was mich schon zu großer Sorge getrieben hatte.

Jetzt lächelte er mich an, als sei nichts geschehen, und grüßte freundlich. Dann lenkte ich meine Aufmerksamkeit auf die Personen, die neben ihm standen – und ich war dankbar. Der Herrscher des Lands der Toten hatte Wort gehalten und seine Armee geschickt.

Tausende Soldaten, allesamt verlassene Seelen, die darauf warteten, das Unglück ihres einstigen Lebens zu sühnen, standen im und um das Schloss herum, bereit für das Glück des Katzenhimmels ihr armseliges Leben zu geben – und sich selbst aus dem Kerker der Vergangenheit zu befreien, bereit ein neues Leben im Katzenhimmel zu beginnen, wenn diese letzte Schlacht erst zu Ende war.

Und mit der Armee der Toten kam die Kälte und der Schnee, denn plötzlich fing es wie aus heiterem Himmel an zu schneien – und das mitten im Katzensommer. Schneeflocke über Schneeflocke segelte zur Erde herab und bald war der Boden mit einer dicken weißen Schneeschicht bedeckt.

Wir konnten unser Glück kaum fassen. Dieses Wetter würde unsere Feinde vielleicht noch einmal ein paar Tage aufhalten, so unsere Hoffnung.

Doch der Schnee war nicht alleine zu uns gekommen. Bald entdeckte Paul, der goldene Drache, ein schneeweißes, mächtiges Geschöpf, das über allen Schneeflocken schwebte.

Das weiße Schneemonster schaute Paul tief in die Augen und Paul schaute ernst zurück. So standen die beiden eine Weile einfach nur da, bis Paul rief: „Sag, wer bist du, dass du so vor unser Schloss hier ziehst.“ Das Schneewesen schnaufte erst einmal kurz durch, dabei kam uns ein eisiger Wind entgegen, doch es sagte ... nichts. Paul setzte noch einmal an: „Und was soll das hier mit dem ganzen Schneegestöber mitten im Sommer, wir frieren uns ja die Füße ab und unsere Flügel erstarren. Wir führen hier einen mächtigen Krieg gegen das Böse und sind auf Besuch wie dich und deine Freunde nicht eingestellt.“

Freunde? Ich hatte nicht gesehen, dass dieses Schneemonster Freunde mitgebracht hatte, doch je öfter ich auf den Schnee blickte, desto merkwürdiger kam er mir vor. Er bewegte sich und die Eiskristalle schienen lebendig zu werden. Nach und nach stellten sie sich in Reih und Glied auf, Tausende und Abertausende kleine Wesen mit spitzen Speeren – ebenso groß eine Schneeflocke.

Nach einer Zeit sagte das fremde Wesen: „Ich bin König Blanko, der Herrscher über Kälte und Eis. Ich kann euch überhaupt nicht sagen, warum und weshalb ich mit meinen Mannen hier gestrandet bin. Auf dem Weg zum Nordpol sah ich plötzlich ein helles Licht und eine leise Stimme befahl mir eindringlich, diesem Licht zu folgen. Also landeten wir hier. Ihr nennt es, glaube ich, schneien."

Inzwischen waren seine Schneesoldaten mit ihren winzig kleinen Speeren Richtung Schloss gelaufen und hatten angefangen, rund um das Schloss herum eine zweite Mauer, eine riesige Schneemauer, zu bauen.

Ich rief: „König Blanko, du bist nicht umsonst hier gelandet. Du wurdest gerufen, um uns zu helfen. Sei uns willkommen."

Nun hatten wir eine wirklich mächtige Armee, mit der wir imstande waren, das unsagbar Böse zu besiegen.

In der folgenden Nacht begann der Angriff mit vielen Feuerbällen, die die Feinde uns sandten. Wir mussten höllisch aufpassen, nicht getroffen zu werden, doch dank der Armee von König Blanko konnten wir jedes Feuer, das sich im und um das Schloss zu entzünden drohte, im Keim ersticken.

Und immer dann, wenn sich aus dem Schnee durch die Hitze der Feuerbälle große Wasserpfützen bildeten, riefen wir König Blanko zu Hilfe, der mir nichts, dir nichts mit einem langen Atemhauch das Wasser wieder in Schnee verwandelte.

Als die Feinde bemerkten, dass sie so nicht zum Erfolg kamen, schickten sie Tiere, die die Welt noch nicht gesehen hatte, Richtung Schloss. Jetzt versuchten Säbeltiger mit rissigen Fangzähnen und Greifspinnen mit haarigen Tentakeln ihr Glück. Ich ekelte mich vor manchem Getier, doch ich musste tapfer sein.

Nun war es an der Armee der Toten, ihr Bestes zu geben. Und die Heerscharen der toten Seelen schafften es alleine durch ihr bloße Anwesenheit, diese Feinde in die Flucht zu treiben, so Furcht erregend traten sie auf.

Die Drachen unter der Führung von Paul kämpften derweil wieder einmal mit den Greifvögeln hoch oben in der Luft über dem Schloss. Das war ein grausames Gemetzel und immer wieder fielen tödlich getroffene Vögel oder Drachen vom Himmel auf die Erde herab.

Stunde und Stunde kämpften unsere tapferen Krieger des Katzenhimmels gegen die Soldaten des Bösen. Inzwischen hatten sich immer mehr Truppen aus den verschiedensten Regionen und Ländern des Katzenhimmels im Schloss eingefunden und standen Mann an Mann dafür ein, unsere Welt zu retten. Viele der Herrscher und ihrer Anhänger kannten Milli, Brummi, Paul, Pu und mich von unserer Abenteuerreise auf der Suche nach den magischen sechs Schlüsseln und wir freuten uns immer sehr, wenn wir unter den Tausenden Kämpfer wieder einmal einen entdeckten, den wir kannten.

Einzig und allein den Kriegsherrn der bösen Seite hatten wir noch nicht zu Gesicht bekommen und rätselten noch immer darüber, wer er war. Doch auch das sollte sich im Laufe dieser Schlacht noch ändern ... und hätte ich gewusst, was da auf uns zukam, ich hätte sogleich den magischen Ring gedreht ...

22

Als ich endlich das unsagbar Böse direkt vor mir sah, stockte mir der Atem. Wie aus dem Nichts stand plötzlich, nachdem unsere Armeen die Armeen des Bösen besiegt hatten, ein Wesen vor mir, das aus einer anderen Galaxis zu kommen schien. Es war groß und mächtig, halb Mensch, halb Kreatur, es hatte eine fürchterliche Fratze und stank bestialisch – aber es ähnelte äußerlich in keinster Weise dem Teufel.

„Mit mir hattest du nicht mehr gerechnet, was, Zaubermaus?", höhnte es und blickte mir direkt in die Augen.

Ich hatte das Gefühl, unter diesem Blick erstarren zu müssen. Wo waren meine Freunde, warum war ich alleine?

„Ja, ich bin es, das Wesen, das unsagbar Böse, das du so lange gesucht und nicht gefunden hast. Das du bekämpft, aber noch immer nicht besiegt hast." Das Wesen spie Feuer in meine Richtung und ich hatte Angst, dass ich unter dem Feuerstrahl gleich sang- und klanglos verglühen würde.

Aber das passierte nicht.

„Ich bin das unsagbar Böse. Ich bin der Herrscher der Welt", gab das Wesen von sich und baute sich noch einmal ein klein wenig größer vor mir auf. „Ich bringe Unglück über alle, die sich mir in den Weg stellen. Ich hasse alle, die meinen, sie seien besser als ich. Ich hasse den Katzengott und ich hasse den Teufel. Ich hasse sie alle so abgrundtief."

Er machte eine Pause und fuhr dann unvermittelt fort: „Ich kann sie alle manipulieren und für meine Zwecke einsetzen. Den Katzengott, den Teufel, die dummen Gnome. Und sie können nichts dagegen tun. Selbst dann nicht, wenn sie", er lachte wieder höhnisch auf, „solch ein gottverdammtes Wesen wie dich, Zaubermaus, auf mich loslassen. Ich muss eingestehen, du hast mich das ein oder andere Mal schon zur Weißglut gebracht, weil du dich nicht geschlagen gegeben hast. Egal, wie und wo ich dir auch begegnet bin."

Ich überlegte. Ja, es hatte in den Wochen unserer Reise manchen Augenblick gegeben, in denen ich mich dem unsagbar Bösen sehr nahe gefühlt hatte. Zuletzt an dem Tag, an dem jemand mir diese wunderschöne Glaskugel in mein Zimmer gebracht hatte ...

Aber an mir selbst hatte ich jedoch nie gezweifelt. Nie hätte ich den Katzenhimmel verraten ... und wäre niemals – so wie die Gnome – zu dieser Kreatur übergelaufen. Für kein Geld und kein Gold in dieser Welt.

Nun aber hatten wir die Schlacht gewonnen und die Krieger dies gottverdammten Fürsten der Dunkelheit geschlagen. Das Böse war besiegt.

So als hätte das grauenvolle Wesen meine Gedanken lesen können, fragte es nun: „Ach, du glaubst wirklich, dass du mich besiegt hast? Ich zerquetsche dich wie eine kleine Schmeißfliege, du ... du ... Wicht!"

„So, meinst du", kam plötzlich eine ernste Stimme aus dem Hintergrund. „Lieber Bruder, das glaube ich nicht!"

Ich drehte mich um und sah dem Teufel höchstpersönlich in die Augen. Pauls Vater stand hier vor mir, der Leibhaftige.

Kaum hatte ich die Situation erfasst, entbrannte zwischen den beiden ein fürchterlicher Kampf auf Leben und Tod. Sie warfen sich gleißende Feuerbälle zu, zückten flammende Schwerter und griffen zu Speeren, die mit Widerhaken besetzt waren.

Ich hoffte inständig, der Teufel würde gewinnen, auch wenn ich nicht immer mit dem, was er getan und wie er mich behandelt hatte, einverstanden gewesen war.

Wie lange die beiden kämpften, konnte ich später gar nicht mehr sagen, aber mit einem fürchterlichen Fausthieb streckte der Teufel das unsagbar Böse schließlich zu Boden und befahl seinen Männer, die sich die ganze Zeit ruhig im Hintergrund gehalten hatten, dieses Wesen für immer in den Kerker zu werfen.

Dann wandte sich der Teufel mir zu. „Zaubermaus“, sagte er, „bestelle dem Katzengott, wenn du ihn das nächste Mal siehst, schöne Grüße von mir. Unser Pakt, den wir einst schlossen, hat weiter Gültigkeit. Und sollte noch einmal jemand kommen und seinen Katzenhimmel zu zerstören drohen, dann kann er auf meine Hilfe rechnen. Ich werde mich aber künftig komplett aus seinem Herrschaftsbereich heraushalten. Freunde werden wir sicherlich nicht werden, aber immerhin verbinden uns ja zwei tapfere und mutige Enkelkinder. Machs gut!“ Und mit diesen Worten verschwand der Teufel aus meinem Blickfeld.

23

Der Krieg war aus und wir hatten den Katzenhimmel vor dem Untergang bewahrt. Ob das unsagbar Böse jedoch für immer besiegt worden war, das konnte ich nicht sagen. Der Teufel hatte dieses grässliche Wesen mit sich genommen, es blieb jetzt zu hoffen, dass er in der Hölle einen wirklich sicheren Platz für das Böse finden würde.

Noch am selben Tag erwiesen wir König Omar die letzte Ehre. Seinen Leichnam betten wir auf einem stattlich ausgestatteten Schiff, das ihn ins Land der Sonne bringen sollte. Als das Schiff schon ein ganzes Stück auf dem Meer war, nahm Don einen brennenden Pfeil und zielte auf die Segel. Sie entflammten sofort und schon bald stand das ganze Schiff in Flammen. Das Schiff verschwand im Sonnenuntergang, nur der Rauch war am Horizont noch lange zu sehen. Wir, seine Freunde, standen am Ufer und hingen unseren Gedanken nach.

Nach einer Weile rief Don: „Zaubermaus, jetzt ist es an der Zeit, drehe den magischen Ring ein letztes Mal!"

Das tat ich sogleich ... und merkte, wie ich plötzlich durch Raum und Zeit flog und alles um mich herum verschwand.

Als ich wieder festen Boden unter den Füßen hatte, saß ich ... in der *Aufnahme für Neulinge*. Und vor mir saß Max.

„Nein, nicht noch einmal diese ganze Aufnahmeprozedur", ging es mir durch den Kopf. Oder hatte ich all das, was passiert war, nur geträumt? Hatte ich Halluzinationen gehabt? Ich konnte mir auf all das hier wirklich keinen Reim machen.

Max lachte nur und sagte: Komm, folge mir." Er brachte mich in die Vorhalle des Katzenhimmels. „Warte hier."

Das tat ich, wenn auch recht ungeduldig. Doch dann ertönte leise Musik, ein helles Licht erschien und eine tiefe Stimme sagte: „Zaubermaus, ich muss dir danken für alles, was du für den Katzenhimmel getan hast. Du hast uns gerettet. Und ich verstehe, dass du jetzt ein wenig verwirrt bist und nicht so recht weißt, ob das alles, was du erlebt hast, wirklich geschehen ist.“

Es trat einen Moment Stille ein.

Dann erschien ein bildschöner, majestätischer schwarzer Kater mit funkelnden gelbgrünen Augen und lächelte mich an. „Du hast alles wirklich erlebt. Du hast mit deinen Freuden zusammen das Böse im Katzenhimmel besiegt. Ihr habt tapfere Schlachten gekämpft und euch siegreich geschlagen. Und du hast mir die Augen geöffnet und mich sogar vor einer großen Dummheit bewahrt. Dafür danke ich dir! Meine Enkelkinder ...“

Weiter kam er nicht, denn mir fiel es plötzlich wie Schuppen von den Augen. „Du bist der Katzengott! Du bist es wirklich“, unterbrach ich seine Rede.

„So ist es“, sagte er und rief dann: „Milli, Brummi, Paul, Pu, kommt bitte her zu uns.“

Und dann kamen sie alle in den Vorraum zum Katzenhimmel, in den mich Max geführt hatte. All meine Freunde, die ich so lieb gewonnen und mit denen ich in den letzten Wochen und Monaten so viel durchgestanden hatte. Sie waren alle am Leben und putzmunter. Wie mich das freute. Natürlich hatten die drei goldenen Drachen wieder ihr normales Aussehen erlangt und Don, der war zwar noch immer weiß, aber ein leicht goldener Schein ging von ihm aus. Ich schloss Toni in die Arme und die Herrscher, denen ich begegnet war und die mit uns gekämpft hatten. Besonders freute ich mich, als ich vom Katzengott hörte, dass auch die Soldaten der Armee der Toten ihre letzte Ruhe gefunden und all ihre Sünden gesühnt hatten. Nur der Herrscher selbst kehrte in das Land der Toten zurück – sicherlich würde er bald Neuankömmlinge von der Erde begrüßen können, die ihre Schuld noch zu sühnen hatten.

Als wir unser Wiedersehen gebührend gefeiert hatten, nahm mich der Katzengott zur Seite.

„Zaubermaus“, sagte er, „der Katzenhimmel ist gerettet, wir können nun alle hier in Frieden und Freiheit leben. Aber schon bald wartet eine neue Aufgabe auf dich.“

Eine neue Aufgabe, das hörte sich interessant an. Was es wohl dieses Mal gab?

Der Katzengott schien meine Gedanken gelesen zu haben. „Zaubermaus“, wiederholte er, „dein nächstes Abenteuer heißt ein *Katzenengel auf Erden.*“

Ich war bereit ...

Der Autor

Ingo Schorler: Jahrgang 1967, schreibt seit etwa einem Jahr Geschichten über Zaubermaus. Er ist Schulhausmeister und arbeitet seit 1990 im öffentlichen Dienst.

Unser Buchtipp

Ingo Schorler
Zaubermaus
Ein Katzenengel auf Erden
ISBN: 978-3-86196-840-5
Taschenbuch, 180 Seiten

Endlich ist es soweit! Das Abenteuer im Katzenhimmel ist glücklich zu Ende gegangen. Nun macht sich Zaubermaus auf dem Weg zur Erde, um hier vielen Menschen zu helfen, die in Not geraten sind. Diesen Auftrag hatte ihr der Katzengott höchstpersönlich gegeben.

Leider hatte er vergessen, ihr mitzuteilen, dass sie nicht nur als Katze, sondern auch in anderer Gestalt auftreten wird. Und das sorgt auf der Erde für mächtig viel Verwirrung ...

www.ingramcontent.com/pod-product-compliance
Lightning Source LLC
LaVergne TN
LVHW091326190726
843491LV00002B/588